정령의 펜던트

발렌 판타지 장편소설

ORIGINAL FANTASY STORY & ADVENTURE

dream
books
드림북스

정령의 펜던트 12 첫 행보

초판 1쇄 인쇄 2021년 1월 8일
초판 1쇄 발행 2021년 1월 22일

지은이 발렌
발행인 오영배
편집 편집부
일러스트 보살
만화 빅피
표지 · 본문 디자인 오정인
제작 조하늬

펴낸 곳 (주)삼양출판사 · 드림북스
주소 서울시 강북구 도봉로 173
대표 전화 02-980-2112 **팩스** 02-983-0660
편집부 전화 02-987-9393 **팩스** 02-980-2115
블로그 blog.naver.com/dreambookss
출판등록 1999년 3월 11일 제9-00046호

ⓒ 발렌, 2021

ISBN 979-11-283-9859-9 (04810) / 979-11-283-9513-0 (세트)

드림북스는 (주)삼양출판사의 판타지 · 무협 문학 브랜드입니다.

12

ORIGINAL FANTASY STORY & ADVENTURE

발렌 판타지 장편소설

◆ 첫 행보 ◆

정령의 펜던트

dream
books
드림북스

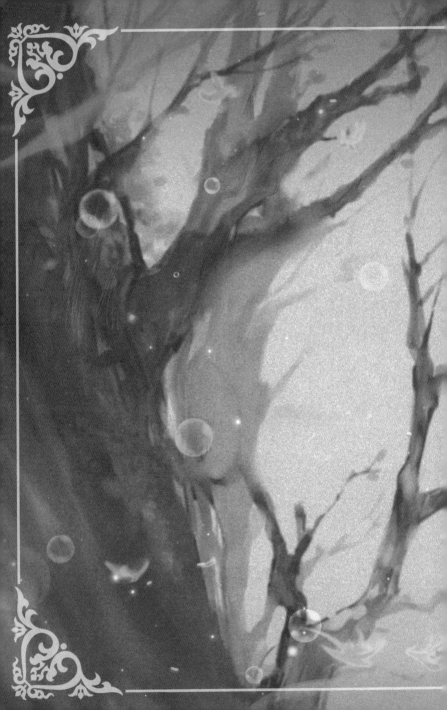

목차

Chapter 1.
구금

1.

시합 첫날부터 캐링스턴 아카데미와 마르세이 아카데미 간의 치열한 접전이 곳곳에서 벌어졌다. 오후가 되자 각 경기장의 결과들이 속속 쏟아졌는데, 지난번의 패배를 만회하고자 이를 갈았던 덕분인지 캐링스턴의 승리가 압도적으로 많았다. 그 탓에 학생들과 구경꾼들의 사기가 올라가며 아카데미는 더욱 뜨거운 열기에 휩싸였다.

하지만 그렇지 못한 곳도 있었으니, 본관에 위치한 한 사무실이었다. 그곳은 때아닌 사고로 바깥과는 달리 사뭇 살벌한 분위기였다.

바율과 친구들은 물론이요, 캐링스턴과 마르세이 아카데

미의 교수들까지 모여 팽팽한 논쟁을 벌이고 있었다.

"이건 엄연한 살인 미수입니다! 주먹 다툼도 그냥 넘어갈 수 없는 판에 칼을 사용하다니요! 신전이 코앞이었기에 망정이지, 학생이 죽을 뻔했습니다!"

로티어스 교수였다. 나단의 소식을 전해 듣고 달려온 그가 대로하며 일갈했다.

"로티어스 교수, 말을 삼가세요! 헥터 공작가의 자제에게 그 무슨 망발입니까? 이건 분명한 쌍방 과실입니다!"

"쌍방 과실이요? 나단이 일방적으로 폭행을 당했는데, 그런 말씀이 나오십니까?"

로티어스 교수는 정말이지 어처구니가 없었다.

"저야말로 묻고 싶군요. 로티어스 교수께선 이 상태를 보고도 일방적이라는 단어가 나온단 말입니까?"

마르세이 아카데미 대표팀을 이끌고 방문한 뉴웰 교수가 자레드를 가리키며 지지 않고 맞받아쳤다. 그러자 마치 기다렸다는 듯 자레드가 또다시 토악질을 시작했다.

"우웩!"

"자, 자레드!"

녀석의 똘마니들이 황급히 양동이를 가져다 댔다. 이미 그 안에는 자레드가 뱉어 낸 시큼한 토사물이 한가득 담겨 있었다.

"보십시오! 아직도 진정을 못 하고 있질 않습니까! 얼마나 심하게 괴롭힘을 당했으면 이러겠어요! 절대 그냥 넘어가지 않겠습니다!"

"나 참, 적반하장이 따로 없습니다. 이깟 토하는 것과 칼을 맞은 것이 비교가 됩니까?"

그 교수에 그 제자였다. 사죄를 해도 모자랄 판국에 대표팀을 이끌고 왔다는 작자가 이따위 말밖에 하지 못하다니. 로티어스 교수는 오랜만에 뚜껑이 열리는 느낌이었다.

"듣자 하니 옛 친구를 만나 반가움에 장난을 좀 친다는 게 지나쳤던 모양입니다. 그걸 보고 오해한 어떤 빌어먹을 종놈이 감히 헥터가의 후계자에게 폭언과 구타를 행하였다고 하더군요. 당장 그놈을 잡아들여 죄를 물어야 하지 않겠습니까?"

"장난이 지나쳤다고요? 이것 보십시오, 뉴웰 교수! 감싸는 것도 정도껏 하세요! 증인이 여럿입니다. 그런 되지도 않는 말로 이 상황을 모면할 수 있을 것 같습니까? 사태 파악이 그렇게 안 되세요?"

"로티어스 교수야말로 중요한 게 무엇인지 그리도 구별이 안 되시는 겁니까? 자레드 군은 헥터 공작가의 아들입니다. 그 칼 맞은 아이는 별 볼 일 없는 가문 출신이라면서요?"

"별 볼 일 없는 가문 출신이면 칼을 맞아도 된다는 뜻입니까? 반대로 공작가의 아들이면 아무나 막 찔러도 되는 것이고요? 그게 학생을 가르치는 교수가 할 말입니까?"

"…꼭 그렇다는 게 아니라, 그만큼 자레드 군이 귀한 집안의 자제라는 겁니다! 어디 감히 종놈이 손을 댈 수 있단 말입니까? 그 종놈의 주인도 같이 잡아 문책을 가해야 합니다!"

로티어스 교수의 날 선 물음에 뉴웰 교수가 은근슬쩍 말을 돌렸다.

"제가 그 주인입니다."

바율이 나선 것은 그때였다. 뉴웰 교수의 작태를 잠자코 지켜보던 그가 나직이 끼어들었다.

"바, 바율 군……!"

뉴웰 교수가 눈을 크게 치뜨며 당황했다. 황도에 비를 내려 가뭄을 해결한 공로로 열일곱에 관직과 작위를 하사받은 바율은 당연히 마르세이 아카데미에서도 유명 인사였다.

더욱이 바율은 제국의 살아 있는 전설로 불리는 란데르트 공작의 유일한 아들이 아니던가. 뉴웰 교수의 시각으로 보자면 자레드보다도 함부로 할 수 없는 이가 바로 바율이었다.

상황이 상황이다 보니 미처 바율이 여기에 있는 이유를

미리 짐작하지 못했다. 그저 우연히 지나가다 합류한 것으로 생각하고 있었는데, 이런 식으로 엮여 있을 줄은 몰랐다.

"제 사람이 잘못을 했다면 응당 죗값을 치러야겠지요. 제가 아끼는 하인이라고 해서 무조건 감싸고돌지는 않을 것이니 교수님께선 염려 마십시오."

바율은 부러 '아끼는 하인'이란 대목에 힘을 주어 말했다. 뉴웰 교수는 난감한 기색으로 대답도 못 한 채 애꿎은 이마만 만져 댔다.

어엿한 성인이자 교수인 로티어스 교수가 버젓이 자리하고 있었지만, 뼛속까지 세속적인 그에겐 지금 이 순간 바율이 가장 어려운 상대였다.

"하지만 제 하인의 잘잘못을 따지기 전에, 나단과 자레드의 문제를 먼저 논하는 것이 바른 순서 같습니다. 무기를 사용한 살인 미수죄는 가중 처벌을 받을 만큼 중범죄라고 알고 있습니다. 안 그렇습니까, 뉴웰 교수님?"

"…그건 그렇지만, 살인 미수라는 단어는 과하네. 친구끼리 장난을 좀 치다가 사고로 벌어진 일이니…… 그걸 감인해야 하지 않겠나?"

뉴웰 교수가 바율의 시선을 피하며 동료들에게 눈짓했다. 그러자 몇몇 교수들이 고개를 끄덕이며 동조의 뜻을 표했다.

"말씀 중에 송구합니다만, 아무래도 상황을 제대로 전달받지 못하신 듯합니다. 나단 공자님은 자레드 공자님에게 일방적으로 폭행을 당한 것이지, 장난을 친 것이 아닙니다. 하니 감안해야 할 사안은 없습니다."

차분한 음색의 주인공은 맥이었다. 그가 보좌관으로서 바율을 대신해서 대꾸했다.

"아, 저는 란데르트 백작님을 모시고 있는 맥 필리온 보좌관이라고 합니다."

당신은 누구냐는 듯 쳐다보는 교수들을 향해 맥이 자신을 소개했다.

"…보좌관이면, 황실에서 나오셨습니까?"

"예, 특무대신이신 란데르트 백작님의 보필을 위해 지난달에 폐하께서 직접 임명하셨습니다."

별생각 없이 한 발언인지, 의도된 바인지 알 길은 없었다. 하나 맥의 입에서 황제가 거론된 순간 뉴웰 교수를 비롯한 많은 이들의 얼굴이 사색이 된 것만은 분명했다.

바율의 신분을 익히 알고는 있었지만, 이렇듯 직접적으로 대놓고 들으니 그 압박감이 말도 못 할 지경이었다.

"그리고 말이 나온 김에 말씀드리자면, 굳이 무언가를 감안해야 할 경우 그건 란데르트 백작님의 하인에게 적용해야 할 것입니다."

"…어째서입니까?"

"이 역시 제대로 전해 듣지 못하신 모양인데, 애초에 그는 리타 양을 지키려 했을 뿐입니다. 나단 공자님이 자레드 공자님에게 칼을 맞고 쓰러져 있었을 때, 그걸 보고 도우려던 리타 양을 자레드 공자님께서 때리려 하셨으니까요."

"리타 양이요? 그 말인즉슨, 자레드 군이 친구를 찌른 것도 모자라 여자를 때리려고까지 했다는 뜻입니까?"

"그렇습니다."

"허허! 그럴 리가 없습니다! 자레드 군은 학우들 사이에서 평판도 좋고, 교수들에게도 예의 바른 모범 학생입니다. 기사학부생으로서 기사도 정신도 투철하고요. 분명 그 리타라는 계집이 거짓말을 하는 걸 겁니다!"

"정녕 그리 생각하십니까?"

"암요! 이럴 게 아니라, 고것을 직접 데려와서 대질이라도 해 봅시다! 어디에 사는 계집이랍니까?"

"계집이 아니라, 제 하녀입니다."

바율이 다시 한번 묵직하게 끼어들었다.

"저와 같은 젖을 먹고 자란, 제게는 동생 같은 녀석이지요."

바율의 눈빛이 달라졌다. 이전까지는 자레드를 보듯 그저 한심하게 바라보았다면, 이제는 뉴웰 교수를 향한 눈동자에 분노가 담겼다.

쌍둥이 형이었던 바일을 떠나보낸 바율에게 어려서부터 함께 자란 리타는 그야말로 가족과도 같았다. 혈육이 아니거니와 신분도 다르지만, 바율에게 있어서 리타는 누구보다도 소중한 이였다.

"그, 그렇습니까?"

바율의 바뀐 분위기에 겁을 먹기라도 했는지, 뉴웰 교수는 저도 모르게 존댓말이 튀어나왔다.

그는 몰랐지만, 지금 여기에 데스가 없다는 게 천만다행이었다. 만일 데스가 그의 말을 들었다면 결코 가벼이 지나치지 않았을 것이기 때문이다.

안 그래도 자레드를 빼돌린 일로 예민함이 극에 달해 있었다. 아카데미에 그대로 두었다가는 어떤 대형 사고를 칠지 몰라서 겨우겨우 달래 현재는 저택으로 돌려보낸 상태였다.

"리타 양은 필요하다면 기꺼이 증언하기로 약조해 주었습니다. 다른 하인들 또한 마찬가지입니다."

"…으, 증언 같은 소리 하시네! 증인이라면 우리도 있거든?"

"자레드 군! 이제 좀 정신이 드는가?"

갑작스러운 녀석의 음성에 마르세이 교수진들이 반색하며 자레드에게로 급히 다가갔다. 템페스타에게 끌려가 모진 풍파(?)를 겪고 돌아온 후로 연신 속을 게워 내던 녀석이 비틀거리며 몸을 일으켰다.

마신의 권능이란 참으로 대단했다. 분명 바르에게 짓밟혀 온몸이 타박상으로 물들었던 녀석의 몸뚱이였거늘, 지금은 거짓말처럼 상처 하나 없이 말끔했다.

다만 어디에서 뭘 어쩌고 왔는지 안색이 파리한 게, 당장 다시 쓰러져도 하등 이상할 것 없는 얼굴이었다.

"네, 교수님. 힘들지만 참을 만합니다."

자레드가 입가를 훔치며 바율을 노려보았다.

"저 보좌관이 하는 말은 전부 사실이 아닙니다! 저를 곤경에 빠뜨리기 위해 하는 거짓말입니다! 나단과 저는 장난으로 칼싸움을 하다가 그리 된 것이고, 저는 아무도 때리지 않았습니다! 같이 있던 친구들이 모두 보았습니다!"

역시 자레드 아니랄까 봐 거짓말이 아주 능숙했다. 목격자가 바율의 하인들과 자기 똘마니들뿐이니 작정하고 오리발을 내밀었다.

"자레드 군의 말이 사실인가?"

뉴웰 교수가 묻자 똘마니들이 자레드의 눈치를 살피다가 어쩔 수 없이 고개를 끄덕이며 거짓에 동참했다.

"어이가 없네."

"손바닥으로 하늘을 가려라."

"쯧쯧."

그걸 지켜보던 바율과 친구들은 기가 막혀 헛웃음이 나왔다.

"맥 보좌관님."

그때 바율이 자레드에게 시선을 고정한 채 맥을 찾았다.

"네, 란데르트 백작님. 말씀하십시오."

"관청에선 언제 도착할 예정이랍니까?"

"아까 바로 연락을 넣었으니, 지금쯤이면 곧 당도할 겁니다."

"관청이라니? 거기는 왜?"

자레드의 비음 섞인 목소리가 옅게 떨렸다. 녀석은 체스 경기장에서 망신을 당했을 때보다 더 당황한 기색이었다.

"그걸 정말 몰라서 묻는 거야?"

"죄를 지었으면 죗값을 치러야지. 우리나라엔 엄연히 법이 존재한다고."

"살인이 무슨 애들 장난이냐? 미수라고는 해도, 너 진짜 사람 죽일 뻔했어."

"…너희들의 거짓 증언에 내가 호락호락하게 당할 거 같아? 확실한 증거도 없이 감히 날 어쩌지는 못할걸!"

"누가 그래? 증거가 없다고?"

"…뭐?"

"아주 차고 넘치게 많거든?"

에이단의 히죽거림에 잠시 멈칫하던 자레드가 이내 정색하며 대응했다.

"허세는 딴 데 가서 떨어. 지금처럼 양측의 주장이 판이하게 엇갈리면 난 무죄야. 내가 그랬다는 걸 너희가 무슨 수로 입증할 건데? 내가 나단을 칼로 찌르는 걸 너희가 직접 본 것도 아니잖아! 게다가 누가 그 계집의 말을 믿겠냐? 살인 미수? 훗, 지나가는 개가 웃겠다!"

"살인 미수 아닌데."

"……?"

"사람 말은 끝까지 들어야지. 네 죄목은 살인 미수가 아니라, 살인 교사야. 비슷한 말로 청부 살인이라고 하지. 똑바로 알고 말해."

"그게 무슨 개소리야! 이젠 하다 하다 그런 누명까지 씌워? 이것들이 아주 단체로 미쳤구먼!"

뻔뻔하게 굴던 자레드가 진심으로 억울하다는 듯 소리쳤다.

"우리가 미친 게 아니라, 네가 잊은 건 아니고?"

"머리 나쁜 거 알고 있었잖아. 퇴학당한 직후의 일이니까 잊을 만하지."

"그래도 어쌔신까지 고용해서 우리를 죽이려고 했는데,

그새 까먹다니 너무했다. 이언 경도 없을 때라서 우리 진짜 위험했었잖아. 어우, 그때 완전 살 떨렸는데!"

"…지금 그게 무슨 소리지?"

이곳에 오기 전 과거의 사건을 미리 전해 들은 이언과 맥은 담담한 한편, 아무것도 들은 바가 없는 로티어스 교수는 기함하며 바율과 친구들에게 물었다.

다른 교수들이라고 다르지 않았다. 상상조차 하지 못했던 이야기에 마르세이 교수들까지 입을 벌린 채 말을 잇지 못했다.

그런 그들의 표정은 바율과 친구들의 설명이 길어질수록 더욱 경악에 가까워졌다.

그리고 모든 설명이 끝났을 즈음, 드디어 관청에서 사람이 도착했다.

"우, 웃기시네! 너희들 지금 소설 쓰냐? 내가 그랬다는 증거가 어디 있는데? 내가 놈들을 사주했다는 문서라도 갖고 있어?"

당황은 잠시였다. 관청에서 나온 조사관이 등장하자 자레드가 거칠게 항변했다.

"교수님! 아닙니다! 전 그런 적 없어요! 저 자식들이 제게 악의를 품고 지어내는 겁니다!"

자레드는 진정으로 억울하다는 표정이었다. 역시 뻔뻔함

의 대가다웠다.

"생각해 보세요! 저 녀석들 말대로라면 일이 벌어진 건 작년 여름 방학도 되기 전인데, 이제 와서 밝히는 게 더 이상하지 않습니까? 그때는 왜 잠자코 있었냐는 말입니다!"

오랜만에 자레드가 일리 있어 보이는 발언을 했다. 엄청난 얘기에 차마 무어라 대꾸할 말도 찾지 못하고 있었던 교수들이 뒤늦게 하나둘 의문을 갖기 시작했다.

"아카데미에 계속 다니고 싶어서 그랬다. 됐냐, 이 자식아?"

당시를 떠올리자 에이단은 새삼 분통이 터졌다. 늑대들 덕분에 테이머로서 각성하게 되었지만, 그때는 하마터면 정말로 목숨을 잃을 뻔했다. 그런 짓을 벌이고도 이렇듯 여전히 안하무인으로 행동하고 있는 자레드를 보자니 어떤 면에서는 참 대단하다 싶기도 하다.

"저 역시 같은 이유입니다. 혹여 아버지께서 아카데미를 그만두라고 하실까 봐 염려되어 일단 친구들과 침묵하기로 하였습니다."

"그래도 그런 일이 있었다면 알렸어야지! 그게 얼마나 큰일인지 모르는 것이냐?"

바율의 해명에 로티어스 교수가 조금 전 이언이 했던 말을 그대로 하며 제자들을 꾸짖었다.

"만일 그때 너희가 잘못되었다면 이 나라가 흔들렸을 것이다! 제국이 쑥대밭이 되었을 수도 있단 말이다!"

다섯 중 셋이 제국의 내로라하는 가문 중에서도 손에 꼽히는 집안의 자식들이었다.

에이단은 제국 최고의 부호이자 이곳 캐링스턴의 주인인 레오네트 백작가의 차남이었고, 로건은 제국이 건국한 이래로 위대한 검사를 수없이 배출한 세이모어 백작가의 장남이었다.

바율은 굳이 설명할 필요도 없었다. 제국에서, 아니 대륙에서 란데르트 공작가를 모르는 이를 찾기란 하늘에서 별을 따기보다 더 어려운 일일 것이다.

뿐인가.

약소국이라고는 하나 퀸은 인어국의 왕자이며, 그간 집시라고만 알고 있던 일라이는 이사장의 아들이었다. 아직까지 많은 것들이 신비에 싸여 있는 이사장 라예가르는 태고의 신물을 연구하는 7서클 이상의 고위 마법사이기도 했다.

이런 녀석들이 누군가의 사주로 인해 한꺼번에 목숨을 잃었다면 어찌 되었을까?

그들의 스승이기 이전에 황가의 일원으로서 로티어스 교수는 결코 상상조차 하고 싶지 않은 일이었다.

"로티어스 교수님! 저런 터무니없는 거짓말을 믿으시는 겁니까? 전 안 그랬다니까요!"

자레드가 고막이 찢겨 나갈 정도로 악을 쓰며 소리쳤다. 놈들 때문에 퇴학을 당하고 홧김에 저지른 일이긴 하지만, 분명 증거라 할 만한 건 어디에도 남겨 두지 않았다.

사실 이제 와 고백하자면 자레드는 에이단의 말마따나 그때의 일을 까맣게 잊고 있었다. 그도 그럴 것이, 어쌔신이란 놈들이 선수금만 챙긴 채 돌연 종적을 감췄었기 때문이다.

자신 있게 맡겨만 달라고 할 때는 언제고, 막상 일을 치르자니 녀석들의 배경에 겁을 집어먹었는지 이후로 전혀 연락이 닿지 않았다.

'근데 이것들이 실패를 했다는 거지?'

실상은 돈만 꿀꺽한 게 아니라 의뢰를 달성하지 못해서 도망친 모양이었다.

'병신들 같으니라고! 어쌔신이란 것들이 고작 애새끼 다섯을 처리 못 해?'

진즉에 알았더라면 추적해서 아작을 냈을 텐데, 그러지 못한 게 원통할 따름이었다.

"저 자식들이 미리 모의를 한 게 틀림없습니다! 잡아갈 사람은 제가 아니라 저놈들이라고요! 중상모략도 범죄 아닙니까?"

"그래, 발뺌할 수 있을 때 실컷 해라. 나중에 너만 더 창피해지겠지만, 내가 알 바는 아니지."

"땅꼬마 새끼! 너 자꾸 생사람 잡을래?"

"생사람인지 아닌지는 조사를 해 보면 알겠지. 디욘, 뭐하고 있어요? 얼른 잡아가셔야죠."

"네, 도련님."

관청에서 나온 조사관은 총 둘이었다. 그중 연장자로 보이는 사내가 에이단에게 깍듯이 인사하더니 한 줌의 망설임도 없이 자레드에게로 걸어갔다.

"뭐, 뭐야? 둘이 아는 사이야?"

조사관이 다가가자 자레드가 움찔하며 한 걸음 뒤로 물러났다.

"하핫! 이것 보세요, 교수님들! 전부 싹 다 한 패거리들이라니까요! 어떻게든 저를 곤궁에 빠뜨리려고 이러는 겁니다!"

"한 패거리?"

에이단은 피식 웃었다.

"뭐, 아는 사이긴 하지. 근데 너, 내가 누군지 그새 또 까먹었냐?"

"……?"

"여긴 캐링스턴이야. 베노이스트가 아니라고. 거기선 네 말이 곧 법이지? 그 정도까지는 아니지만, 그래도 나 역시 여기 선 꽤 먹히긴 해. 왜? 우리 할아버지가 여기 대빵이니까."

에이단은 이제껏 가문을 등에 업고 사사로운 일에 힘을 행사해 본 적이 단 한 번도 없었다. 하나 이번만큼은 백 번, 천 번이라도 그러고 싶었다.

더는 자레드의 면상과 마주하지 않으려면 이참에 아주 끝장을 내야 할 것이다. 에이단뿐 아니라 바율과 친구들 모두 오늘 같은 날을 단단히 별러 왔다.

"게이브."

디욘이 동료 조사관과 함께 자레드를 양쪽에서 붙들었다. 매번 상대에게 해 왔던 일을 자신이 당하자 자레드는 일순 공황 상태가 되었다.

"이, 이보시오!"

무력하게 끌려가는 자레드의 모습은 퍽 비현실적으로 보였다. 그래서일까. 넋을 놓고 있던 뉴웰 교수가 퍼뜩 정신을 차리며 조사관들을 멈춰 세웠다.

"당신들이 잡아가는 그 아이의 아버지가 누구지는 알고 있소?"

"그렇습니다만."

"만일 자레드 군에게 죄가 없다면 어쩔 것이오? 그 후폭풍을 감당할 자신은 있소?"

"모든 조사는 합당한 절차에 따라 진행될 것입니다. 죄가 없다면 풀어 주고, 그 반대의 경우라면 그에 따른 조치가 내려지겠지요."

"아직 미성년이지 않소? 지금 당장 헥터가에 연락을 넣을 터이니, 보호자가 도착하는 대로 조사할 수 있도록 체포를 조금 미룰 수는 없겠소?"

"그건 불가합니다."

디욘의 단호한 말투에 뉴웰 교수의 얼굴이 붉어졌다.

"명확한 증거도 없이 이렇게 막무가내로 사람을 잡아가는 법이 어디 있단 말이오? 헥터 공작 전하께서 이 사실을 알게 되시면 가만히 계실 것 같소!"

"미성년인 걸 감안하여 보호자가 당도할 때까지 조사를 미룰 수는 있습니다. 하나 도주할 가능성이 있기에 신병 확보 차 저희 측에서 구금토록 하겠습니다."

"구, 구금이라니! 자레드 군을 감옥에 가두기라도 하겠다는 것이오?"

뉴웰 교수는 자신의 귀를 의심했다. 기껏해야 몇 시간 정도 조사하고 끝날 줄 알았거늘, 이건 정말이지 말도 안 되는 상황이었다.

"범죄를 확실하게 입증할 만한 증거가 있는 이상 어쩔 수 없습니다."

"증거가 있다고? 그딴 게 대체 어디 있는데? 그것도 너희가 조작한 거 아니야? 당장 이 더러운 손 치워, 이 새끼들아!"

충격에서 벗어나자, 발악이 시작되었다. 자레드가 몸부림을 치며 고래고래 소리를 질렀다.

"그건 조사 과정에서 알게 될 것이다."

기사학부생인 자레드는 또래에 비해 크고 다부진 체격을 지니고 있었다. 그런 녀석의 발버둥이 결코 만만치 않을 터인데, 디온과 게이브는 익숙하다는 듯 흔들림 하나 없이 묵묵히 걸어 나갔다.

"자레드 도련님!"

"이게 대체 무슨 일입니까?"

본관을 나서자 이제야 소식을 전해 들었는지 자레드의 호위 기사들이 헐레벌떡 달려왔다. 아카데미 내였기에 잠시 긴장을 풀고 있었는데, 난데없이 어찌 된 영문인지 모를 일이었다.

"이 자식들아! 이제 오면 어떡해! 내가 이 꼴을 당할 동안 어디서 뭘 하고 있었던 거야!"

"죄, 죄송합니다!"

녀석의 기사들이 황급히 고개를 숙이며 사죄했다.

"됐으니까, 이것들이나 당장 쓸어 버려! 감히 날 구금하겠다고? 내가 너희들을 가만 놔둘 것 같아? 다 죽여 버리 겠어!"

흥분한 자레드가 호위 기사들에게 명령하자 그들이 일제 히 무기를 꺼내 들었다.

차앙!

"도련님을 놓아 드려라! 그렇지 않으면 피를 보게 될 것 이다!"

시퍼런 칼날이 내리쬐는 햇살 아래에서 날카롭게 반짝였 다. 갑작스러운 소란에 주변을 지나던 이들이 깜짝 놀라며 비명을 질렀다.

"검은 넣으시게."

그때 이언이 맨몸으로 그들 앞에 나섰다.

"어린아이들도 많은데, 그러면 쓰겠나?"

"비켜라! 감히 헥터 공작가를 건드리다니, 간이 배 밖으 로 나온 놈들이구나! 도련님을 놓아주지 않는다면, 그 누구 든 여기서 한 발자국도 움직일 수 없을 것이다!"

"여전히 말로 해서는 듣지를 않는군."

일전의 야시장에서의 일이 떠오른 이언이 중얼거렸다. 당시 대면했던 기사는 한 명도 없었다.

이언은 몰랐지만, 그때의 일로 자레드는 호위를 싹 갈아 치웠다. 인원수도 두 배로 늘렸고, 실력 역시 직접 보고 뽑았다.

"마지막으로 기회를 주겠다. 날 상대할 자신이 있는 자만 남도록."

이언의 말투는 오만함이 이루 말할 데가 없었다. 하지만 그의 가슴에 당당하게 드러나 있는 만월 기사단의 표식은 보는 이들로 하여금 그런 생각을 눈곱만큼도 들게 하지 않았다. 오히려 훨씬 더 두려운 마음만 불러일으켰다.

"뭣들 하는 거야! 상대는 고작 한 놈이라고! 네놈들에게 들어가는 돈이 얼마인데 이깟 놈 하나를 처리하지 못하고 빌빌거려? 너희도 나한테 죽고 싶은 거지?"

칼을 뽑았으면 휘둘러야 마땅했다. 아무리 만월 기사단이라고 해도 이번에는 전처럼 쉽게 당하지 않을 것이다. 그러라고 특별히 선발한 기사들이지 않은가.

그런데 무기도 들지 않은 상대에게 단체로 겁먹은 모습이라니!

자레드는 그야말로 기가 막히다 못해 코가 막힐 지경이었다.

"다시 한번 말한다. 당장 무기를 거둬."

이언이 낯빛을 가라앉히며 차갑게 명령했다. 하지만 그들의 주인은 이언이 아니라 자레드였다.

만월 기사단의 위명에 잠시 주저하긴 했으나, 상대는 혼자였고 무기도 없었다. 어쩌면 해볼 만할 수도 있었다. 그리 생각한 누군가가 호위 기사들 사이에서 외쳤다.

"닥쳐라! 다들 움직여!"

그러자 미적거리던 기사들이 기합 소리를 내며 달려들었다.

"쯧쯧."

이언은 고개를 저으며 작게 혀를 찼다. 하지만 다음 순간, 그의 두 팔과 다리가 예전 그때처럼 범인의 눈으로는 미처 따라갈 수 없는 엄청난 속도로 빠르게 움직였다.

탁! 탁! 탁!

그의 손짓 한 번에 기사가 한 명씩 쓰러졌다. 애초에 상대가 안 되는 싸움이었다.

만월 기사단에서도 이언과 겨룰 수 있는 이는 많지 않았다. 란데르트 공작이 아들의 수행 기사로 이언만 보낸 데에는 다 그만한 이유가 있었다.

"이, 이게 무슨……!"

승리를 장담하고 있던 자레드는 망연자실했다. 무기도 들지 않은 상대에게 너무나 간단하게 제압당하는 호위들을 보고 있자니 허탈감마저 들었다.

"도와주셔서 감사합니다."

"별말씀을요."

이언에게 짤막하게 고마움을 표시한 디온과 게이브는 다시금 자레드의 양팔을 강하게 죄었다. 조금 전까지 발작하듯 사납게 반항하던 자레드가 얼이 빠진 채 힘없이 조용히 끌려갔다.

그로부터 나흘 후.

두 아카데미 간의 경쟁은 캐링스턴의 압도적인 승리로 끝이 났다.

그러나 3년 전의 패배를 말끔하게 씻어 내고 훌륭한 설욕전을 펼쳤음에도 불구하고, 시합 후 학생들의 입에 오르내리는 건 온통 자레드에 관한 소식뿐이었다.

헥터 공작가의 후계자, 청부 살인을 계획하다!

캐링스턴은 물론이고 제국 전역에 자레드의 구금 소식이 전파되었다.

동급생을 칼로 찌르고, 어쌔신을 고용해 살인을 의뢰한 자레드의 행실에 경악하던 이들은 그 대상 중 하나가 란데르트 공작의 아들이었다는 사실을 듣고 캐링스턴으로 몰려들었다.

근래 들어 가장 최악이자, 전대미문의 스캔들이었다.

Chapter 2.
복수의 서막

1.

짝!

캐링스턴 시 관청의 한 구금실. 헥터 공작이 들어서자마자 아들의 따귀를 날렸다.

"멍청한 놈! 쥐 죽은 듯이 지내라고 했더니, 그새 또 사고를 쳐? 아무리 오냐오냐 키웠다지만, 정도껏 해야지! 네 놈이 그러고도 정녕 내 아들이란 말이냐? 대체 사람 구실은 언제쯤 할 생각인 거야!"

뺨 한 대로는 성에 안 찼나. 격노한 헥터 공작이 주먹과 발까지 동원해서 자레드를 무자비하게 폭행했다. 그와 함께 온 수하가 여럿 있었지만, 그들 전부 익숙하다는 듯 전혀 놀라지 않은 기색으로 물러나 있을 뿐이었다.

"자, 잘못했습니다, 아버지! 용서해 주세요!"

자레드가 피를 흘리며 헥터 공작의 바짓단을 부여잡고 울부짖었다. 밖에선 무서울 것 하나 없이 제멋대로인 녀석이지만, 제 아버지 앞에서만큼은 아니었다. 자레드에게 세상에서 제일 두려운 존재가 무어냐고 묻는다면 바로 아버지인 헥터 공작이라고 답할 것이다.

평소엔 한없는 사랑을 베푸는 헥터 공작이었으나, 아들이 실수하거나 잘못을 했을 땐 인정사정 봐주지 않았다. 이럴 때는 무조건 싹싹 비는 것만이 상책임을 자레드는 이미 오래전에 터득했다.

"쓸모없는 자식!"

분풀이는 할 만큼 했다고 여겼는지 헥터 공작이 마침내 손찌검을 멈추고 의자로 향했다. 그러곤 아무 일 없었다는 듯 흐트러진 머리와 옷매무새를 다듬었다.

"도련님."

수행 비서의 부름에 바닥에서 신음하던 자레드가 벌떡 일어나 급히 공작의 맞은편으로 달려가 앉았다. 이마가 찢어져 피가 흘러내렸지만, 아픈 티를 낼 수는 없었다. 그러기에는 작금의 상황이 심각하다는 것을 녀석 또한 인지하고 있었다.

"……."

탐탁지 않은 눈빛으로 아들을 노려보던 헥터 공작이 턱짓하자 수하 하나가 재빨리 손수건을 꺼내 자레드의 얼굴에 묻은 피를 닦아 냈다.

딸깍.

그때 구금실의 문이 열리며 공작의 보좌관이 들어왔다.

"그래, 다들 어디에 모여 있다고 하던가?"

"예상했던 대로 란데르트 공작과 세이모어 백작 모두 레오네트 백작가로 직행했다고 합니다."

"규모는?"

"만월 기사단은 스물, 칠흑의 기사단은 서른 명 정도입니다. 전부 정예병입니다."

칠흑의 기사단은 제국에서 만월 기사단 다음으로 강한 기사단이었다. 그곳의 단장이 바로 로건의 아버지인 세이모어 백작이었다.

"둘이 합치면 왕국 하나는 충분히 쓸어 버리고도 남겠군."

비아냥거리는 헥터 공작의 낯빛이 눈에 띄게 어두워졌다.

"거기에 레오네트 백작가의 사병까지 더하면 그 전력은 가히 엄청날 것입니다."

굳이 일러 주지 않아도 될 사항이었다. 그걸 헥터 공작이라고 어찌 모르겠는가. 그가 보좌관을 마뜩잖은 듯 바라보며 다시 물었다.

"증거가 무엇인지는 알아 왔나?"

"예, 공작 전하."

보좌관의 시선이 잠시 자레드에게 가 머물렀다.

"도련님께서 사주한 어쌔신을 잡아 두고 있는 모양입니다."

"…놈들이 잡혔다고요? 아버지, 그럴 리가 없습니다! 도통 연락이 닿지 않아서 처음엔 선금만 받고 튄 줄 알았는데, 의뢰에 실패해서 도망친 것이었어요! 어쌔신이란 놈들이 겨우 애 다섯을 해결하지 못해 달아나다니, 정말이지 한심하기 짝이 없습니다!"

"한심한 건 그놈들이 아니라, 바로 너다."

"…네?"

"연락이 끊겼다면 당연히 붙잡혔을 거라는 생각을 먼저 했어야지, 어째서 도주했다고 여기는 게냐? 내 그렇게 말했거늘 왜 매번 멀리 보지 못하고 바로 앞만 보는 것이야!"

"하, 하지만…… 녀석들에게서 아무 반응이 없었습니다. 어쌔신에게 공격을 당했으면 뭔가 반격이 있어야 하는데,

아무것도 없었다고요."

자레드가 억울하다는 듯 변명했다.

"이렇게 미련해서야! 녀석들은 발톱을 숨기고 있던 것이다. 기회가 오면 네 숨통을 확실하게 끊기 위해서 말이다!"

자택에서 금번 소식을 처음 전해 들었을 때 헥터 공작은 분노보다도 놀라움이 컸다. 그런 일을 당하고도 근 일 년을 아무 말 없이 참아 낸 녀석들의 담대함은 솔직히 오싹할 정도였다.

바율과 친구들 딴에는 단순히 아카데미를 계속 다니고 싶은 욕심 때문에 넘어간 것이었지만, 헥터 공작은 그리 생각하지 않았다. 그가 봤을 때 자신의 아들은 덫에 걸린 상태였다.

"그래서, 어쌔신 놈들은 어디에 있지?"

"아직 거기까지는 알아내지 못하였습니다. 저쪽에서 철저하게 입단속을 시킨 듯합니다."

"찾아서 죽여라."

헥터 공작에겐 다른 수가 없었다. 놈들이 불면 끝장이었다. 죽여도 시원찮을 사고뭉치 자식이지만, 그에게는 하나뿐인 아들이기도 했다. 녀석을 철창에서 썩게 할 수는 없었다.

"무슨 수를 써서라도 없애야 한다."

이미 다수의 어쌔신을 수배해 둔 상태였다. 재판이 열리기 전에 서둘러 찾아내어 꼬리를 잘라 낸다면 어떻게든 위기를 모면할 수는 있을 터였다.

"그리고 란데르트 공작에게 내가 좀 보잔다고 전하게."

상대가 무슨 생각을 하고 있는지 알기 위해선 직접 보고 대화를 나누는 것이 가장 빠른 방법이었다.

'원하는 바가 있으면 들어주면 되겠지.'

거래는 그의 전공이기도 했다. 헥터 공작은 의자 팔걸이의 나무 부분을 손가락으로 톡톡 내리치며 깊은 생각에 잠겼다.

2.

"이, 이 호래자식 같으니라고! 숨길 걸 숨겨야지! 제 목숨이 날아갈 뻔한 걸 감춰? 네놈은 정신머리가 제대로 달려 있기는 한 것이냐!"

레오네트 백작이 지팡이로 바닥을 쾅 찍으며 벼락같이 호통쳤다. 늙은 몸 어디에서 그런 기운이 흘러나오는지, 거대한 응접실이 당장이라도 무너질 기세였다.

"아우, 귀청 떨어지겠네! 할아버지, 목소리 좀 낮춰요! 손님이 이렇게나 많은데 이 귀여운 손자를 꼭 지금 혼내서야겠어요?"

"뭣이라? 저 망할 놈이 터진 입이라고 말하는 본새 좀 보게. 네놈이 뭘 잘못했는지 아직도 모르는 게지! 오냐, 오늘 어디 내 손에 한번 죽어 봐라!"

레오네트 백작이 발딱 일어나 에이단을 향해 걸어갔다. 그의 손에 들린 것은 지팡이뿐이었다. 하나 바닥에 닿는 부분과 손잡이가 강철로 만들어져 그 자체로 충분히 흉기가 되고도 남을 만한 물건이었다.

"어, 어, 어! 간신히 살아남은 손자를 직접 죽이시려는 겁니까? 이건 엄연한 친족 살해입니다! 형량이 아주 어마어마할걸요?"

에이단이 날다람쥐처럼 빠른 동작으로 일어나 할아버지에게서 멀어졌다. 그 와중에도 입은 살아서 대꾸하는 게 레오네트 백작의 뒷목을 잡게 했다.

"에이단, 형이 할아버님께 버릇없이 굴지 말라고 했지. 어서 똑바로 앉아서 사죄드려!"

"에이 씨, 이거 안 놔? 가만히 있다가는 지팡이로 맞게 생겼는데 도망치는 게 당연하지, 형 같으면 안 피할 것 같아?"

할아버지에게만 신경을 쓰다 보니 형인 에이스에게 붙잡히고 말았다. 레오네트 백작의 눈빛이 호기로 반짝이더니 손자를 향해 성큼성큼 다가갔다.

"으악! 얘들아, 우리 할아버지 좀 잡아! 저 노인네에게 맞았다간 전치 2주 부상은 나올 거라고!"

"레, 레오네트 백작님!"

"저희가 잘못했습니다. 그러니 용서해 주십시오!"

당황한 바율과 로건이 말려 보려 했지만, 레오네트 백작은 거들떠보지도 않았다.

그리고 지금 화가 난 건 그만이 아니었다. 란데르트 공작과 세이모어 백작 역시 굳은 표정으로 각자의 자식들을 바라보고 있었다.

지은 죄가 있는지라 바율과 로건은 더 말하지 못하고 얌전히 입을 닫으며 눈을 내리깔 수밖에 없었다.

일라이와 퀸만이 보호자 없이 자리하고 있었는데, 녀석들은 레오네트 백작을 말리기는커녕 흥미롭게 지켜보고 있었다.

"으악! 악마 1과 2가 사람을 죽인다! 아버지! 어머니! 라라!"

에이단이 기겁하며 부모님과 동생을 찾았지만, 사업으로 바쁜 부모님은 다행인지 불행인지 오늘도 출장 중이셨다.

"이 자식이 할아비와 형에게, 뭐? 악마 1, 2? 오늘 좀 맞자, 이놈아!"

레오네트 백작의 지팡이가 에이단의 엉덩이를 내려치기 직전이었다.

"백작님, 그만하시고 앉으시는 게 어떻겠습니까? 의논해야 할 것이 많습니다."

보다 못한 란데르트 공작이 결국 나섰다.

그것이 통했을까?

지팡이를 어깨 위까지 든 채 잠시 망설이던 레오네트 백작이 부글거리는 심정을 겨우 가라앉히며 조용히 지팡이를 내려놓았다.

"으아, 감사합니다! 란데르트 공작 전하께서 저를 살리셨습니다!"

에이스에게 붙잡힌 몸을 완력으로 빠져나오며 에이단이 깊은 한숨을 내쉬었다. 아주 예전에 지팡이로 맞아 본 적이 있었기에 그 고통에 대해 익히 알고 있었다. 다시는 경험하고 싶지 않은 기억이었다.

"이제 배울 만큼 배웠겠지. 그만하면 됐으니까 당장 때려치우거라!"

"아휴, 그 소리는 왜 또 하세요. 지겹지도 않으세요? 절대 그만두지 않을 거라니까요? 이럴까 봐 그때 인도 말하지 못한 거라고요!"

"네놈이 도둑으로 몰린 것도 내 눈감아 주었다! 근데 감히 내 땅에서 목숨을 위협받기까지 해? 이게 다 네놈이 아카데미에 입학해서 벌어진 일이지 않으냐!"

"어라? 도둑으로 몰린 건 어떻게 아셨대요?"

"이놈아, 내가 캐링스턴에서 벌어지는 일 중에 모르는 게 있을 것 같으냐?"

"…있으시긴 하잖아요. 이번 일도 그렇고, 저번에 아카데미에 암살자들이 쳐들어온 것도 모르셨던 것 같은데……."

"네가 아주 매를 벌지?"

따악!

레오네트 백작이 재차 분노하기 전에 에이스가 먼저 나서서 해결했다. 그가 동생의 뒤통수를 갈기고는 억지로 녀석의 머리를 눌러 사죄를 종용했다.

"얼른 할아버님께 잘못했다고 빌어. 안 그러면 오늘 넌 내 손에 죽을 거니까."

"가족들이 하나같이 날 잡아먹으려고 드네."

죽이겠다는 협박을 오늘 대체 몇 번째 듣는 건지 헤아릴 수가 없을 지경이었다.

"이성적인 아버지를 둔 너희가 갑자기 부러워지는구나. 잘못했습니다, 할아버지. 죽을죄를 지었으니 너른 마음으로 이해를 해 주십사 부탁드립니다."

바율과 로건을 잠시 부럽다는 듯 바라본 뒤 에이단이 허리를 바닥까지 굽히며 용서를 빌었다. 물론 진정성은 조금도 느껴지지 않는 사죄였다.

하지만 그것으로 족했는지 레오네트 백작이 한 차례 혀를 차며 원래의 자리로 돌아갔다. 애초에 손자 녀석에게 제대로 된 용서를 기대하지도 않았다.

그가 표현을 안 해서 그렇지, 사실 이렇게 눈앞에 살아 있는 것만으로도 충분했다. 녀석을 잃을 수도 있었다는 걸 상기하자 무사히 살아온 것이 새삼 고맙고 대견하기만 했다.

만약 나쁜 일이라도 벌어졌다면 백작은 남은 생을 결코 편하게 살지 못했으리라. 청개구리처럼 날뛰는 녀석 때문에 매번 고성이 오가는 조손 관계였지만, 그렇다고 애정이 부족한 것은 절대 아니었다.

레오네트 백작에게 에이단은 눈에 넣어도 아프지 않을 사랑하는 손자였고, 무엇을 줘도 아깝지 않은 영민한 녀석이었다.

"감히 내 손자에게 손을 대었단 말이지?"

헥터 공작가와는 그간 특별히 좋지도 나쁘지도 않은 사이였다. 하지만 이제는 확실하게 선을 그어야 할 존재가 되었다.

"나를 건드리면 어떻게 되는지 이참에 아주 확실하게 보여 주지."

레오네트 가문이 앙심을 품으면 어떤 일이 벌어지는지 사람들은 모를 것이다. 국제적인 상인 가문으로서 그간 대부분의 귀족들과 두루두루 원만하게 잘 지내 왔기 때문이다.

"에이스, 우선 베노이스트로 가는 모든 물건의 수송을 보류시키도록 해라. 일상생활의 불편함을 제대로 느끼게 해 주지."

장차 헥터 공작을 매우 골치 아프게 할 복수의 서막이 오르고 있었다.

"에이단, 너도 와서 앉거라."

란데르트 공작의 부름에 에이단이 '넵!' 하고 크게 대답하며 후다닥 뛰어왔다. 녀석은 그러면서도 끝까지 지팡이에 대한 경계를 늦추지 않았다. 할아버지와 최대한 떨어진 곳에 자리를 잡고 언제든지 도피할 활로를 열어 둔 것이다. 그간의 경험을 통해 방심한 틈을 타서 공격이 들어올 거라는 걸 잘 아는 탓이었다. 괜히 악마 1이라고 칭한 게 아니었다.

"레오네트 백작님, 제가 먼저 이 녀석들에게 한 소리 해도 되겠습니까?"

"뭘 묻나? 얼마든지 하시게. 몇 대 쥐어박아도 상관없네."

"저도 괜찮습니다."

세이모어 백작이 여전히 아들을 뚫어지게 응시한 채 말했다. 그는 로건이 나이를 먹으면 이런 모습이겠구나, 할 정도로 외모가 아들과 아주 판박이였다.

"아버지……."

"시끄럽다. 형님께서 하실 말씀이 있다 하시질 않으냐."

십년전쟁을 함께 겪으며 두터운 우정을 쌓은 그들은 지금과 같은 사석에선 서로 형님 아우 하며 편하게 부르는 사이였다.

다만 란데르트 공작과 세이모어 백작 모두 워낙 나서기를 싫어하고, 사람이 많은 곳은 기피하는 성향이다 보니 대중에게는 잘 알려지지 않은 사실이었다.

바율과 로건이 어려서부터 형제처럼 자란 데에는 그런 아버지들의 영향이 있었다.

"아버지, 세이모어 백작님! 로건은 당시 사건이 터졌을 때 전부 말하자고 했었습니다. 자레드가 선을 넘었다며, 이런 건 어른들에게 알려야 한다고 저희를 설득했었어요."

아버지도 아버지지만, 화가 난 세이모어 백작을 보고 있자니 바율은 로건에게 너무나 미안했다.

"그런데 그랬다가는 아카데미를 그만두라고 하실까 봐 겁이 나서 제가 부탁했어요. 모든 게 다 저의 불찰입니다. 제 욕심 때문이에요."

"나도 말하면 절대 안 된다고 반대했었는데, 왜 다 바율 네 탓이냐? 그리고 어쨌든 이 녀석들 모두 동의를 하긴 했잖아. 우린 공범이라고!"

"그래! 아주 장한 짓 했다, 이놈아!"

뭘 잘했다고 또박또박 말대꾸를 해 대는지 레오네트 백작은 다시금 손자에게 지팡이를 휘두르고 싶은 걸 애써 꾹 눌러 참았다.

"에이단의 말이 옳습니다. 어른들에게 알리든 말든 전 아무 관심 없었지만, 일단 함구하기로 다 같이 결정한 건 사실이니까요."

그때 여태 조용하게 있던 일라이가 불쑥 참견하며 편을 들었다. 그걸 본 레오네트 백작이 눈썹을 씰룩였다. 안 그래도 다리를 꼬고 비딱하게 앉아 있는 모습이 아까부터 마음에 들지 않았는데, 말투 역시 불손하기가 그지없다.

"옆의 인어국 녀석은 그렇다 치고, 네 아비는 왜 안 오는 것이냐?"

"…제 아비요?"

"그래, 이사장 말이다. 이런 사달이 났으면 같이 대책을 논의해야지, 어째서 코빼기도 안 비치는 게야?"

"아, 그거라면 신경 쓰지 마십시오. 그자는 제가 죽든 말든 전혀 관심이 없습니다."

"…그자?"

두 부자의 사이가 좋지 못하다는 건 이미 들어서 알고 있었다. 하지만 아무리 그래도 그렇지, 아버지를 보고 '그자'라고 하다니. 레오네트 백작은 순간 기가 막힌 나머지 할 말을 잃었다.

손자에게 '악마 1'로 지칭당하는 입장이다 보니 왠지 더 감정 이입이 되는 기분이랄까?

느닷없이 이사장이란 인물에 대해서 궁금증이 솟기도 했다.

"공작 전하께서 이사장님과 따로 만나 이야기하시기로 이미 연락을 주고받으셨습니다. 개인적으로 바쁘신 일이 있으신 듯했습니다."

레오네트 백작과 세이모어 백작이 일라이를 이상스럽게 바라보자 곁에 있던 사다드가 나섰다. 그가 란데르트 공작을 대신해서 빠르게 적당히 둘러댔다.

"자식이 죽을 뻔했는데 그보다 바쁜 일이 뭐가 있다는 건가? 허 참, 희한한 자일세!"

둘의 진짜 정체를 아는 이들이야 라예가르의 내도가 차고 넘치게 이해가 가지만, 레오네트 백작과 세이모어 백작에겐 응당 의구심이 들 만도 한 상황이었다.

"마법사들이 원래 특이한 구석이 좀 있지 않습니까. 제가 잘 얘기할 터이니 너무 노여워하지 마십시오."

란데르트 공작은 레오네트 백작을 진정시키며 부러 다음 말을 빨리 이어 갔다.

"이쯤 하면 너희도 사태의 심각성을 인지했을 터이니 길게 말하지는 않겠다. 뭘 잘못하였는지 다들 잘 알고 있겠지?"

"죄송합니다, 아버지."

"다시는 이번과 같은 일을 만들지 않겠습니다."

바율과 로건이 고개를 푹 숙인 채 진심으로 반성하며 말했다. 그에 반해 나머지 친구들에게선 별말이 없자 란데르트 공작이 다시 물었다.

"너희들은 할 말이 없는 것이냐?"

'얼른 대답 안 해? 저걸 그냥 확!'

레오네트 백작이 어금니를 깨물며 손자를 향해 지팡이를 들었다.

'하면 되잖아요! 하면!'

본능적으로 목구멍에서 반항심이 튀어 올라왔지만, 감히 란데르트 공작에게까지 그런 식으로 말할 수는 없었다. 해서 에이단도 뒤늦게 고개를 숙이며 성찰의 시간을 가졌다.

"잘못했습니다. 앞으로는 뭐든 숨기지 않겠습니다."

"저도 뭐, 누가 건들지만 않으면 얌전히 지낼 겁니다."

일라이로 말할 것 같으면 입학한 후 마법학부 수석을 단한 번도 놓친 적 없는 수재에, 교수들 사이에서도 칭찬이 자자한 모범생이었다. 애초에 졸업할 때까지 본인이 계획한 설정을 열심히 실천해 내는 것이 그의 목표였다.

"…주의하겠습니다."

마지막으로 퀸까지 답하자 란데르트 공작이 만족한 듯 고개를 끄덕였다.

"믿도록 하겠다. 그리고 바율은 이후로 절대 호위 없이 다니지 말거라. 이건 아비로서 내리는 명령이다."

"네, 아버지. 한데 사실 사건이 났던 날, 일부러 이언 경을 따돌렸던 것은 아닙니다. 방과 후, 이사장님 댁에 들렀다가 저택으로 돌아가는 길에 잠시 뭘 좀 찾다가 그렇게 되었습니다. 설마 무슨 일이 있을까 했는데, 그것이 부주의함이었을 줄 몰랐습니다. 앞으로는 좀 더 조심하도록 하겠습니다."

지금의 바율은 그때의 바율과 비교할 수 없을 정도로 많이 달라졌다. 이제는 그런 어쌔신 열 명이 와도 홀로 상대할 수 있을 만큼 성장했고, 당황하거나 놀라지 않을 자신도 있었다.

하지만 지금은 굳이 그런 말을 할 때가 아니었다. 놀라신 아버지를 생각해서 바율은 되도록 안심하실 만한 말을 꺼냈다.

"공작 전하께 무조건 잘못했다고 비십시오. 소식을 전해 듣고 어찌나 놀라시던지, 한동안 말씀도 못붙였습니다."

조금 전 사다드가 바율을 보자마자 귀띔해 준 말이었다. 한참 전의 일이라서 그래도 금방 진정을 하신 듯하지만, 생각해 보면 불과 얼마 전에 죽었다가 살아난 전적이 있는 바율이었다. 연달아 아버지를 걱정시킨 꼴이 된 셈이다.

죄송한 마음 한편으론 자신 때문에 아버지가 갑자기 늙어 버리시는 건 아닌지 뜬금없는 걱정이 들기도 했었다.

"에이단, 네놈에게도 당분간 호위를 붙일 참이다."

"에엑? 저도요?"

"내 땅이라고 내가 너무 안심을 했던 게야. 어떤 미친놈들이 또 날뛸지 모르니 하는 수 없다."

에이단의 얼굴이 울상으로 일그러졌다. 귀찮은 혹을 달고 다니게 생겼으니 바율은 그 심정을 십분 이해했다.

"로건, 너도 마찬가지다."

"예상하고 있었습니다."

"아비가 이번에 네게 얼마나 큰 실망을 했는지 아느냐? 라피트도 아니고 어떻게 네가 그럴 수 있단 말이냐? 난 솔직히 지금도 네가 내게 더 숨기는 게 있는 건 아닌지 의심스럽다."

세이모어 백작에게 로건은 믿음직한 맏아들이었다. 그랬기에 충격도 큰 그였다.

"그러고 보니 기드온도 당연히 알고 있겠지?"

"……."

"나중에 따로 얘기하는 시간을 가져야겠군."

로건의 에고 소드인 기드온은 녀석의 호위 기사라고 할 수 있었다. 가끔 백작과도 담화를 나누고는 하는데, 말할 기회가 많이 있었음에도 불구하고 이 사건에 대해서는 전혀 듣지 못했다. 그 점에 대해서 따져 물을 참이었다.

"말씀 중에 죄송합니다만, 증인들은 그대로 두실 생각이십니까?"

맥이었다. 바율의 뒤에 시립해 있던 맥 보좌관이 기다리다가 틈을 봐 신중히 개입했다.

"그 어쌔신들 말인가?"

"네, 공작 전하. 현재로선 그들이 유일한 증거이자 증인이라고 알고 있습니다. 당연히 헥터 공작 측에서 가만히 있지 않을 겁니다."

"그렇겠지. 그들을 없애려고 암살자들을 꽤 많이 고용했더군."

기차역에서부터 묘한 기운이 제법 느껴졌었다. 만월 기

사단에 칠흑의 기사단까지 대거 방문했으니 은밀히 움직이는 게 낫겠다고 판단했을 것이다.

헥터 공작이 어디까지 생각하고 있는지는 모르겠으나, 란데르트 공작은 그들 또한 전부 잡아들일 작정이었다. 그것이 더욱 탄탄하게 헥터 공작을 억죄게 될 것이다.

"바율, 놈들은 지금 어디에 있느냐?"

잡아 두었다고만 들었지, 세세한 것까지는 아직 듣지 못했다. 아버지의 물음에 바율이 퀸을 보며 대꾸했다.

"퀸이 데리고 있습니다."

"퀸이?"

의외의 답변에 란데르트 공작은 물론 다른 이들까지 의아한 표정을 감추지 못했다.

"그때 퀸, 네가 뭐라고 그랬더라?"

에이단이 미간을 모으며 옛 기억을 떠올렸다.

"죽지는 않지만, 그렇다고 살지도 못할 방법으로 잡아 두겠다고 했었던 것 같은데……."

"맞아. 인어국의 형벌이라고 했었어."

로건도 당시를 기억해 냈다.

"죽지도…… 살지도 못하게 하는 방법? 그게 뭐지?"

"나중에 보시면 아시게 될 겁니다."

설명한다고 해도 제대로 이해하기는 힘들 것이다. 꽤 오랜 시간이 지났지만, 놈들은 퀸의 말대로 겨우 목숨만 부지한 상태로 붙잡혀 있었다.

"그리고 더없이 안전한 장소이니 걱정 마십시오."

"그래도 혹시 모르니 만월 기사단을 배치하는 게 좋지 않겠습니까?"

사다드가 의견을 제시했지만 퀸은 단호히 고개를 저었다.

"누구도 놈들에게 접근할 수 없습니다. 바율이라면 모를까. 천하의 만월 기사단이라도 어림없습니다."

그렇게까지 말하니, 짐작이 가는 바가 아주 없지는 않았다. 퀸은 인어족이고, 바율은 물의 정령을 다루는 정령사였다. 둘의 공통점이라면 그것뿐이다.

"놈들을 물 감옥에라도 가둔 거냐?"

"궁금하면 보러 갈래?"

"흐음, 됐다! 귀찮게 뭐 하러. 난 연날리기 준비나 하련다."

뼈아팠던 작년의 실패를 발판 삼아 이번에는 기필코 우승을 하고 말리라! 상금을 몽땅 싹쓸이해서 이 지긋지긋한 가난(?)에서 벗어나고 싶었다.

"아직 기말고사가 한참이나 남았는데 벌써 준비를 하겠다고?"

"너희는 축하해 줄 채비나 하고 있어."

"템페스타가 그냥 놔둘 리가 없을 텐데……."

작년에도 녀석이 날뛰는 바람에 시합이 엉망이 되었고, 유일하게 연이 살아남은 바율이 우승했었다. 과연 템페스타가 이번에는 어떤 결과를 만들어 낼지 전혀 짐작조차 가지 않았다.

"근데 아까부터 궁금했는데, 이자는 누구인가?"

"아! 조손 간의 대화에 끼어드는 건 예의가 아닌 듯하여 미처 인사를 드리지 못하였습니다. 저는 란데르트 백작님을 모시게 된 보좌관, 맥 필리온이라고 합니다. 황실에서 나왔습니다."

"오호, 폐하께서 보내신 것이로구먼?"

레오네트 백작도 당연히 바율에게 일어난 경사를 알고 있었다. 에이단을 붙잡고 정령이 뭔지에 대해서 상세한 설명을 듣기까지 했다.

"이 어린 나이에 나랏일을 하게 생겼으니…… 란데르트 공작, 자네의 고심이 크겠군."

"아닙니다. 잘 해내겠죠."

"그럼, 그럼! 누구 아들인데!"

바율이 새삼 대견하다 느껴졌는지 레오네트 백작이 칭찬을 쏟아 냈다.

"영주님, 헥터 공작 측에서 전갈이 왔습니다."

그때 응접실로 아너 집사가 급히 들어왔다.

"내게 말인가?"

"아니요, 란데르트 공작 전하를 뵙고자 청하였습니다."

"합의를 시도할 모양이군."

응접실의 모든 시선이 란데르트 공작에게로 향했다. 어떻게 할 생각인지 묻는 것이다.

잠시 말없이 생각에 잠겨 있던 공작이 이내 결정했다.

"가서 바쁘다고 전하게. 인사는 재판장에서 하면 될 일이니."

"예, 명하신 대로 하겠습니다."

아너 집사가 나가자 레오네트 백작이 피식거렸다.

"헥터 공작이 오랜만에 똥줄 좀 타겠군. 당장 그 꼴을 못 보는 것이 아쉽네그려."

이후로도 헥터 공작 측에서는 계속 사람을 보내 왔지만, 란데르트 공작은 끝까지 만나 주지 않았다. 그러다 결국 자레드의 재판일이 성큼 코앞으로 다가왔다.

Chapter 3.
쓰레기의 말로

1.

콰앙!

"란데르트 공작! 이야기 좀 합시다!"

자레드의 재판이 벌어지기 대략 한 시간 전쯤이었다. 관청의 한 사무실 문이 노크도 없이 벌컥 열리더니 헥터 공작이 들어섰다.

"송구합니다, 공작 전하! 너무 막무가내이신 바람에……."

"되었다. 나가 보거라."

보초를 서고 있던 자는 관청에 속한 병사였다. 애초에 일개 병사인 그가 헥터 공작을 막아 내기란 불가능했다.

"오랜만이군, 자네."

"…전부 여기들 계셨습니까?"

란데르트 공작은 혼자가 아니었다. 그의 옆에는 세이모어 백작이 자리했고, 건너편에는 조금 전 인사를 마친 레오네트 백작과 라예가르 이사장이 동석하고 있었다.

"여기 있는 우리 자식들이 전부 피해자가 아닌가? 서로 의논해야 할 것도 있고 해서 내가 다 불러 모았네. 자네도 급히 할 말이 있어 보이는데, 이쪽에 앉겠는가?"

공교롭게도 레오네트 백작이 가리킨 자리는 상석이었다. 평소 노상 앉았던 자리이거늘, 어째선지 오늘은 꺼림칙하기가 이루 말할 수 없었다. 위치상 양쪽에서 공격받기에 딱 적합한 느낌이었기 때문이다.

하지만 지금의 헥터 공작에겐 다른 수가 없었다. 아들을 위해선 이들과 협상을 해야만 했다.

"…감사합니다."

마음에도 없는 말을 내뱉으며 헥터 공작이 궁둥이를 붙였다. 애써 표정 관리를 하고 있었지만, 정작 그런 그의 얼굴은 조금만 건드려도 썩어 문드러질 것만 같았다.

"제가 란데르트 공작께 수없이 만남을 청하였었는데, 많이 바쁘셨던 모양입니다."

"어쩌다 보니 그리되었습니다. 사안이 사안이다 보니 처리해야 할 것들이 참 많더군요."

"처리라면 어떤……?"

헥터 공작이 긴장했는지 침을 꿀꺽 삼키며 물었다.

"허허, 제가 그런 것까지 헥터 공작께 말씀드려야 하는 겁니까? 개인적인 일이니 궁금해하지 않으셔도 됩니다."

"…무례했다면 사죄드립니다."

혹여 이번 일과 관련된 얘기가 나올까 싶어 넌지시 던진 말이었는데, 역시 란데르트 공작은 녹록지 않았다.

"이곳엔 빌러 오신 겁니까?"

상대의 거만한 말투에 헥터 공작의 한쪽 눈썹이 꿈틀거렸다. 그가 목소리의 주인을 향해 고개를 돌리자 레오네트 백작이 소개했다.

"아마도 오늘 첫 만남이겠지. 이쪽은 일라이 군의 아버지일세."

"아, 하면 캐링스턴 아카데미의 이사장님이십니까?"

"그렇습니다. 자레드 군을 퇴학시킨 장본인이기도 하지요."

굳이 하지 않아도 될 말을 꺼낸다는 건 그의 심사가 대단히 꼬여 있음을 증명하는 것이었다. 제국의 내로라하는 가문의 수장들을 앞에 두고도 긴 다리를 꼬고 앉아 소파에 등을 기댄 채 시선을 마주하고 있는 사내는 이 방 안에서 가장 여유로워 보였다.

"이사장이란 자가 실은 7서클의 고위 마법사라고 합니다. 캐링스턴 아카데미의 설립 가문인 발레리가는 아카데미 말고는 특별히 소유하고 있는 게 없는 듯하지만, 그래도 제국에 정식으로 등록된 귀족 가문입니다."

자레드가 퇴학당하고 이사장이란 작자에 대한 조사를 명령했었다. 그때 들었던 신상 정보가 어렴풋이 떠올랐다.

"아하하! 이렇게 좋은 일을 하시는 분을 만나 영광입니다! 이사장님의 조상께서 모든 재산을 털어 아카데미를 설립하는 데 쓰셨다는 신화적인 얘기는 저도 들어 알고 있습니다. 그 덕에 200년 전통을 자랑하는 명문교가 되었으니 후손으로서 얼마나 뿌듯하시겠습니까? 조만간 제가 찾아뵙고 아카데미의 발전 가능성에 대한 논의를 좀 하고자 하는데, 시간은 괜찮으시겠습니까?"

첫 번째 합의 시도였다. 그런데 그게 하필 라예가르라니. 란데르트 공작은 지그시 눈을 감았다.

"발전 가능성이라…… 마치 기부라도 하시겠다는 뜻으로 들립니다만?"

"네, 당연히 그래야지요. 제 아들이 끼친 폐를 어떻게든 만회하려면 그렇게라도 성의를 보여야 하지 않겠습니까?

진작 찾아뵈었어야 했는데, 겨를이 없었습니다."

"치사하게 돈줄을 끊으려고 할 때는 언제고, 참 이해가
안 가는 분이로군요."

"…예?"

"자레드를 퇴학시킨 것에 대한 보복으로 황실 지원금은
물론, 다른 귀족들에게도 압박을 가하지 않으셨습니까? 덕
분에 총장이 찾아와서 하도 돈, 돈 거리기에 귀찮아서 천만
쿠나 정도를 내주었습니다. 그랬더니 아주 얌전해지더군
요."

"천만 쿠나를 일시에 지급했단 말인가?"

그런 거액을 내놓는 건 대상인인 레오네트 백작에게도
시간이 필요한 일이었다. 놀라는 그에게 그게 뭐 대수냐는
듯 고개를 끄덕인 라예가르가 긴 황금색 머리칼을 뒤로 넘
겼다.

"이사장도 이사장 나름입니다. 학생들을 위해 그 정도는
기꺼이 내어 줄 수 있지요."

어차피 내게는 얼마 되지도 않는 돈입니다.

라예가르는 이 말을 덧붙이려다가 불현듯 사고 치지 말
라는 아들의 말이 생각나서 잠시 입을 달았다.

의도한 바는 아니었지만, 덕분에 레오네트 백작과 세이
모어 백작은 라예가르를 다시 보게 되었다.

아무리 이사장이라고 해도 그렇듯 큰돈을 선뜻 내놓을 수 있는 이가 세상에 몇이나 되겠는가? 앞서 만났던 일라이와 비슷한 괴짜 같은 행실에 내심 선입견이 생기려는 참이었는데, 그 모든 편견이 일시에 사라졌다.

일라이가 들었다면 뒤로 넘어갈 말이겠지만, 그 순간 둘에게는 라예가르가 참교육자로 보였다.

"그러고 보니 얼마 전에 의장직에서 잘리셨다고 하던데, 아직은 금전적 여유가 있으신 모양입니다. 어쨌든 기부하실 의향이 있다면 언제든 연락 주십시오. 캐링스턴은 늘 열려 있답니다."

라예가르가 환하게 웃자 사무실 안이 다 밝아졌다. 하지만 헥터 공작의 안색만은 거무튀튀하게 변했다.

도당의 의장직에서 물러나게 된 연유가 무엇 때문인지 온 제국민이 아는 사실이었다. 한데 자신을 그토록 수치스럽게 만든 자에게 분노를 표출하기는커녕 협상을 시도해야 하는 작금의 상황이 기가 막힐 뿐이었다.

게다가 저 이사장이란 자. 다른 일로 정신이 없어 손봐 주는 것이 늦었더니 기고만장하기가 이를 데 없었다. 옆의 귀족들을 등에 업고 이러는 듯한데, 반드시 비참하게 후회하도록 만들 작정이었다.

돌이켜 보면 처음부터 자레드 녀석을 캐링스턴으로 보내

는 게 아니었다. 마르세이의 러브콜도 마다하고 아들을 거기로 보낸 건 캐링스턴 아카데미가 제국을 넘어 대륙에까지 알려진 명문이어서였다.

장차 헥터 공작가를 이끌어 갈 후계자에게 명패 하나를 더 얹어 준다는 게 그만 이 사달까지 온 것이다.

어떻게 해서든 이들을 설득시켜 아들의 기소를 막아야 했다.

"뭐, 오래 기다릴 필요 있겠습니까? 조만간 총장에게 연락을 넣도록 하지요."

어지간히도 똥줄이 타긴 타는 듯했다.

라예가르가 헥터 공작이 기분 나빠할 만한 말만 연거푸해 대는 데도 공작은 좀처럼 평정심을 잃지 않았다. 그는 자신이 오늘 이곳에 왜 왔는지를 연신 머릿속으로 상기했다. 그렇지 않으면 하나뿐인 아들을 잃어버릴 수도 있었기 때문이다.

"홋, 좋을 대로 하십시오."

금일 재판이 끝나도 과연 그 태도에 변함이 없을지 다들 사뭇 궁금해졌다.

"그런데 대체 사과는 언제 할 생각입니까? 여기 빌러 온 거 아니었습니까? 난 그런 줄 알고 계속 기다리고 있었는데."

"…물론 당연히 해야지요. 그전에 제가 사죄의 의미로 약소하게나마 보상을 하려고 한 것뿐입니다."

"그러니까, 매수를 하려고 했단 말이죠?"

"매, 매수라니요! 당치 않습니다. 나는 그저…….

"아버지와 아들이 나란히 옥에 갇히는 모습도 퍽 재미있을 것 같긴 하군요."

"뭣이오? 이사장! 보자 보자 하니 말씀을 너무 함부로 하시는 것 아닙니까? 아무리 내 자식이 실수를 했다고는 하나, 그런 막말이 어디 있소! 난 아비로서 아들을 보호하기 위해 이곳에 왔단 말이오!"

결국 헥터 공작도 라예가르의 마지막 이죽거림엔 더 참지 못했다. 그가 버럭 하며 따져 물었지만, 당사자인 라예가르를 포함해 공작과 백작들은 아무 말 없이 차를 들이켤 뿐이었다.

그러다 란데르트 공작이 찻잔을 내려놓으며 단조로운 음색을 발했다.

"보호도 좋고 보상도 다 좋습니다. 하지만 그에 앞서 선행되어야 할 것이 있다는 사실을 헥터 공작께서만 모르는 듯하오이다."

어조와 달리 헥터 공작을 향한 란데르트 공작의 눈빛은 꽤 매서웠다. 이전에는 보지 못했던 다른 예기가 느껴졌다.

"자고로 어떤 잘못을 했을 땐 사죄가 먼저인 법입니다. 더욱이 지금과 같은 말도 안 되는 짓을 저질렀을 땐 피해자의 보호자인 저희 앞에서 이런 행동 자체가 엄청난 실례이지요. 정녕 그걸 모르시는 겁니까?"

공작의 음성이 서서히 높아졌다.

"제가 이렇게 편히 앉아 차를 마시고 있으니 그새 용서라도 한 줄 알았다면 지나친 오해이십니다."

"라, 란데르트 공작……."

"이제 와 당황하시는 겁니까?"

"나는 그게 아니라……."

"일전에도 바율과 자레드 간에는 많은 일이 있었지요. 도가 지나친 적도 있었지만, 그때마다 어린아이의 치기 어린 감정이라 여기고 모두 눈감아 주었습니다. 하지만 이제 더는 그럴 수가 없습니다. 바율은 제 유일한 혈육이자, 장차 란데르트 공작가의 후계자가 될 녀석입니다. 폐하께 직접 관직과 작위를 하사받은 특무대신이기도 하지요. 특무대신이란 위치가 갖는 권한에 대해선 도당의 의장이셨던 분이니 누구보다 잘 알 거라 생각합니다."

"이번에는 정도가 지나치다 못해 너무 갔던 게지."

레오네트 백작이 고개를 저으며 혀를 끌끌 찼다.

바율은 재난이 끊이지 않는 이 시국에 무려 자연을 제어

할 수 있는, 유일무이한 정령사였다. 그 능력을 이용해 오랫동안 지속된 가뭄으로 물이 말라 버린 황도에 비를 내려 황제를 감동케 하였다.

그 공으로 받은 특무대신 자리는 오로지 황제의 명만을 받드는 매우 특수한 관직이었다.

즉, 제국에서 오로지 황제만이 바율의 일에 간섭할 수 있다는 뜻이다. 황제의 총애가 바율에게 쏠린 이때, 바율을 도발하는 건 곧 황제에게 반기를 드는 일이나 마찬가지였다.

"열여섯이면 사리 분별을 충분히 하고도 남는 나이입니다. 학생 신분으로 주기적으로 술과 도박을 했다지요?"

"매춘이 빠졌습니다."

이사장인 라예가르가 콕 집어 주자 세이모어 백작이 인상을 찌푸리며 말을 이었다.

"들자 하니 에이단을 도둑으로 몰기까지 했다더군요. 일부러 누명을 씌우기 위해 동급생에게 거짓말을 시키고, 결국은 그것이 들통나 해당 학생에게 폭력을 행사하는 바람에 자진 시도 사건으로까지 이어져서 퇴학을 당한 것 아닙니까?"

"교수들이 어찌나 눈치를 보던지, 제가 그냥 확 퇴학시켜 버렸습니다. 그런 쓰레기 같은 놈을 캐링스턴에 둘 수는 없지요!"

라예가르는 다시 생각해도 본인이 참 자랑스럽다는 듯 손으로 제 어깨를 툭툭 두드렸다.

"반성을 해도 모자랄 판에 친구를 죽이라고 암살자를 고용했습니다. 헥터 공작께선 이게 전부 말이 되는 일들이라고 여겨지십니까?"

헥터 공작 평생 세이모어 백작이 이처럼 말을 길게 하는 것을 본 적이 없었다. 이는 그 역시 품고 있는 분노의 크기가 결코 작지 않다는 뜻이었다.

'망할 놈!'

다시 한번 아들인 자레드가 원망스러웠다. 어쩌자고 이들의 자식을 건드려서 자신을 이 꼴로 만든단 말인가. 녀석이 태어나고 기쁜 마음에 장장 한 달 동안 잔치를 벌였었던 지난날의 기억이 떠올라 속에서 울화가 치밀었다.

"…제가 뭘 어떻게 하면 좋겠습니까?"

결국 헥터 공작은 그렇게 물을 수밖에 없었다.

"모두 인정하십시오."

"……!"

"청부 살인은 물론, 나단을 칼로 찌른 것까지 전부 말입니다."

"하지만 란데르트 공작, 그건 친구끼리 좀 거칠게 장난을 치다가……"

"사형이라도 선고받아야 정신을 차리실 겁니까?"

"사, 사형이라고요?"

"베르가라에서 조금 전 서찰이 도착했습니다."

란데르트 공작은 거기서 더 말하지 않았다. 하나 문맥상 그 안에 무어라 쓰여 있을지는 헥터 공작도 충분히 짐작할 수 있었다.

"모든 걸 순순히 인정한다면 사형은 면할 겁니다. 이게 저와 여기 계신 분들의 뜻입니다."

사형은 면할 것이다.

죽지는 않는다는 뜻이다.

하나 감옥에서 죽을 때까지 썩게 될지도 몰랐다. 아니, 분명 그럴 터였다.

헥터 공작가의 하나뿐인 아들이 그리된다는 건, 가문의 대가 끊기는 일이었다.

"이, 이보시오. 란데르트 공작! 정히 그것 말고는 없겠습니까? 선처를 부탁합니다!"

"제 뜻에 번복은 없습니다. 참고로 허튼짓을 하려거든 그만두시는 게 좋을 겁니다. 그럴수록 상황은 자레드에게 불리하게 돌아갈 테니까요."

란데르트 공작은 긴말을 마쳤다.

거래라는 건 서로 원하는 바가 있을 때나 이루어질 수 있다. 즉, 둘 중 하나가 무엇도 원치 않는다면 성립할 수 없다.

그 당연한 사실을 새삼 뼈저리게 느끼며 헥터 공작이 힘없이 일어섰다. 고용한 어쌔신들은 전부 연락도 되지 않는 상황이었다. 이제는 다른 방법이 없었다.

2.

"…인정합니다."

자레드가 범행을 시인한 순간, 공판정 내 모여 있던 시민들이 분개하며 고함을 질러 댔다.

"감히 란데르트 백작님을 해코지하려 들다니! 당장 저놈을 처형시켜야 합니다!"

"이건 폐하를 모욕한 것이나 다름없어요!"

"특무대신을 건드리면 어찌 되는지 저 어린놈에게 똑똑히 보여 줍시다!"

이번 소식을 듣고 달려온 사람들의 분노는 상상 이상이었다.

바율이 죽을 뻔했다.

그 말은 자연재해가 일어나도 막을 이가 없다는 뜻과 동일하다.

위대한 첫 번째 정령사의 탄생에 이제 막 들떠 있던 제국 민들의 심장에 찬물을 끼얹은 격인 셈이다. 그들에겐 자레드가 이미 어미를 죽인 원수였고, 때려죽여도 시원찮을 잡놈이었다.

바율의 능력을 생각해 보았을 때, 일개 청부 살인으로 치부되어서는 안 될 일이었다. 비슷한 일이 또 발생하지 않도록 방지하는 차원에서라도 확실한 본보기가 필요했다.

"헥터가의 망나니를 다 같이 처단합시다!"

"저 포악한 놈에게는 참형도 아깝소! 사지를 갈기갈기 찢어 항구에 고기밥으로 던져 줍시다!"

"옳소! 우리가 저 짐승만도 못한 놈에게 본때를 보여 줍시다!"

흥분한 이들이 마치 경쟁이라도 하듯 앞다투어 난폭한 언사를 내뱉었다. 그에 헥터 공작이 낯빛을 굳히며 말들이 나오는 쪽을 노려보자 누군가 소리쳤다.

"헥터 공작가에도 책임을 물어야 합니다! 대체 자식을 어찌 키웠기에 이런 해괴망측한 일을 벌인단 말입니까! 헥터 공작은 입이 있으면 해명해 보시오!"

선동이 제대로 먹혔다. 시민들의 분노가 순식간에 아들에게서 아비에게로 넘어갔다. 자레드의 재판을 지켜보기 위해 방청석에 앉아 있던 헥터 공작을 향해 비난과 야유가 쏟아졌다.

만일을 대비해 무장한 기사들이 공작의 주변을 지키고 있었지만, 그를 손가락질하는 이들에게서 겁먹은 기색은 찾아볼 수 없었다. 란데르트 공작이 떡하니 자리하고 있는 이때, 그들에겐 무서울 것이 없었다.

'저, 저것들이 감히 주제도 모르고!'

자레드는 피가 거꾸로 솟는 기분이었다. 이런 수모는 태어나 처음이었다. 그 누구도 아버지를 감히 저리 대하는 것을 본 적이 없었다.

헥터가는 란데르트 공작이 나타나기 전까지만 해도 제국의 유일한 공작 가문이었다. 황제를 제외한 모두를 발아래에 두었던 아버지시란 말이다.

그런 분이 신분이 뭔지도 모르는 천한 것들에게 모멸과 수치를 당하고 계신다. 자레드는 재판이고 뭐고 당장 뛰쳐나가 저놈들의 주둥이에 검을 쑤셔 박고 싶었다.

'모든 게 나 때문이야. 크흑, 나 때문에 아버지까지……!'

자레드가 주먹을 움켜쥔 채 부들부들 몸을 떨었다. 이제라도 자신이 그런 게 아니라고 잡아떼고 싶은 마음이 다시금 용솟음쳤다.

그러나 재판이 시작되기 전 아버지가 하신 당부가 그를 붙들었다.

"절대 경거망동해서는 안 된다! 어떤 상황이 닥쳐도 넌 무조건 뉘우치는 기색으로 얌전히 있어야만 한다! 그래야 목숨을 부지할 수 있어! 알겠느냐?"

"하, 하면 아버지! 설마 저보고 진짜 감옥에 들어가라는 말씀이세요? 아니죠? 말도 안 돼요! 제가 어떻게 그런 데를 가요!"

"살인 미수에 살인 교사까지 더해졌다. 일을 더 크게 만들었다간 정녕 사형을 선고받을 수도 있어!"

"……!"

"너는 이 아비가 반드시 꺼내 줄 것이다. 그러니 힘들어도 당분간은 참거라! 죽을힘을 다해서 버텨!"

"…억울합니다! 바율, 그 자식도 저를 죽이려고 했다고요!"

"그게 무슨 소리냐?"

"정령을 이용해서 저를 이리저리 끌고 다녔습니다! 바람의 정령인지 뭔지 하는 녀석이 저를 바다 한가운데에 빠뜨리려고 했다고요! 하늘 꼭대기에서 갑

자기 추락시키기도 하고…… 아무튼, 저를 죽이려
고 했습니다! 그러면서 어찌나 깔깔거리며 웃던지,
진짜 죽여 버리고 싶었어요! 속이 울렁거려서 토를
얼마나 했는데요!"

"…그건 전부 잊어라. 지금은 그런 얘기를 꺼내
봤자 우리만 손해다."

"그런 게 어디 있어요! 이것 역시 살인 교사 아닙
니까? 바율도 저처럼 옥에 가둬 주세요! 혼자서는
절대 못 들어갑니다!"

"시끄럽다! 잔말 말고 아비가 하라는 대로 해!"

"하지만 아버지……!"

"이 아비를 믿고 기다리거라. 조만간 제국의 하늘
이 바뀌게 될 것이니!"

제국의 하늘이 바뀐다.

그 말씀을 하시는 아버지는 확신에 차 계셨다. 시간이 부
족해서 더 긴 대화를 나누지는 못했지만, 자레드는 그 이미
를 제대로 이해했다.

어려서부터 봐 온 아버지께선 한 번 뱉으신 말씀은 틀림
없이 지키시는 분이셨다. 자신의 실수로 인해 계획에 조금
차질이 생긴 듯하나, 꼭 목표한 바를 이루실 것이다.

'그때까지만 참는 거야. 이 수치심은 나중에 다 갚아 주면 돼!'

자레드는 이를 깨물며 좌중을 훑었다.

'네놈들의 면면을 똑똑히 기억하겠다! 주제도 모르고 날뛰는 버러지 같은 것들!'

훗날 전부 팔다리를 자르고 혀를 뽑아 평생을 고통 속에서 살다 죽게 할 테다.

'그리고 그때가 오면…… 바율, 너도 이 세상에서 지워 버리겠어!'

자레드의 시선이 바율에게로 가 멎었다. 그런 녀석의 두 눈에는 증오가 가득했다.

"저 자식이 끝까지……!"

그것을 보고 울컥하며 일어서려는 에이단을 바율이 얼른 잡아챘다. 자레드가 천하의 죽일 놈이 되긴 했지만, 보는 눈들이 많았다. 이목이 쏠린 이때 거친 행동을 해서는 득 될 게 없었다.

"근데, 좀 이상하지 않냐?"

그때 곰곰이 생각에 잠겨 있던 일라이가 문득 입을 열었다.

"죄는 인정하면서 태도는 왜 저렇게 뻣뻣하지? 감옥에서 일생을 썩게 될 텐데, 뭐가 저리 당당한 거야? 설마 아직도 빠져나올 수 있다고 기대하는 건가?"

"자백까지 했는데 무슨 수로?"

"그건 불가능해."

"맞아. 탈옥이라도 하면 모를까, 저 녀석은 이제 끝났어!"

친구들의 말에도 일라이의 얼굴에선 여전히 의문이 지워지지 않았다. 뭔가 믿는 구석이 있지 않고서야 저럴 수는 없을 것이다.

어떤 꿍꿍이를 숨겨 놓은 건지 궁금해질 지경이었다.

"꼴 보기 싫은 얼굴 안 보게 돼서 좋긴 한데, 마지막까지 저따위 면상을 보고 있으려니 좀 짜증 나긴 한다."

"역시 인간은 쉽게 변하지 않는다니까."

"엉엉 우는 모습은 아니더라도 후회하는 기색 정도는 할 줄 알았는데 말이지. 역시 저 자식은 우리랑 안 맞아!"

에이단이 인상을 쓴 채 투덜거릴 때였다.

녀석의 소원을 들어주기라도 하고 싶었던 걸까. 별안간 바율에게서 먹구름 같은 것이 흘러나오더니, 뭉게뭉게 피어올라 바율의 주변을 감쌌다. 일전에 데스에게서 보았던 새카만 기운이었다.

물론 그것은 남들 눈에는 보이지 않았다.

'저건……!'

오로지 고룡인 라예가르에게만 보일 뿐이었다. 그의 눈이 놀람으로 화등잔 같이 떠졌다.

'데스페라티오, 이 망할 마족 새끼! 바율한테 뭔 짓을 한 거야?'

지금 바율이 뿜어내는 건 마기였다. 마족과 계약도 하지 않은 인간이 이토록 강력한 마기를 방출하는 것도 어이없는데, 심지어 그 안에는 절망의 신의 힘이 깃들어 있기까지 했다.

바율에게서 나온 검은 기운이 자레드를 향해 날아가는 장면을 라예가르가 믿을 수 없다는 듯 바라보았다.

"어라? 저 자식 갑자기 왜 저래?"

자레드의 가슴으로 검은 기운이 스며든 직후였다. 방금까지 바율을 죽일 듯이 노려보던 자레드가 돌연 머리를 부여잡았다.

'제기랄! 아버지가 시키시는 대로 하긴 했는데, 당장 감옥에서 어떻게 버티지? 그런 더러운 곳에서 잠은 어찌 자고, 밥은 뭘 먹어? 시녀도 없을 텐데 내가 무슨 수로 견디냐고!'

닥쳐올 현실을 생각하자 막막해지기 시작했다.

'아버지께선 정말 날 꺼내 주실까? 그게 진정 가능할까? 란데르트 공작이 저렇게 멀쩡히 살아 있는데 뭘 어떻게 하

신다는 거지? 만약 실패하기라도 하면?'

엄청난 존재감을 뿜어내며 방청석에 자리한 란데르트 공작을 보고 있자니 자레드는 불안했다. 아버지의 말씀과는 달리 영영 감옥에서 빠져나오지 못할 것만 같았다.

깊은 절망이 녀석을 사로잡았다.

3.

며칠이 지나고 드디어 자레드에 대한 재판의 결과가 나왔다.

형벌은 무기징역.

란데르트 공작이 약속했던 대로 녀석은 겨우 사형을 면하고 남은 생을 감옥에서 보내게 되었다.

의도된 것인지 아닌지는 모르겠지만, 자레드가 수감될 곳은 흉악한 범죄자들도 지내기를 꺼릴 만큼 악명 높은 수용소였다.

한여름에도 살을 에는 듯한 한기로 인해 매년 수십 명의 재소자들이 얼어 죽는 데다, 먹을 것이 부족해 쥐나 벌레를 잡아 허기를 채우는 일이 허다한 곳이었다.

도박장에선 공작가의 후계자로 떵떵거리며 살아온 자레

드가 얼마나 버틸 수 있을지를 두고 벌써부터 내기가 오고 갔다.

퀸에게 붙잡혀 있던 어쌔신들과 그들을 없애기 위해 헥터 공작이 고용했던 암살자들은 전부 만월 기사단에 의해 잡혀 들어갔다.

그 덕에 헥터 공작가의 명예는 더욱 끝 간 데 없이 실추되었고, 헥터 공작의 위신 또한 함께 추락했다.

황궁에선 금번 사태를 그냥 넘어가서는 안 된다는 대신들의 항의와 상소가 끊이지 않고 빗발쳤다. 각 지방은 물론이요, 타국에서까지 촉각을 곤두세운 채 황실의 결정을 기다렸다.

제국을 넘어 대륙에 정령사로 이름을 알린 바율의 위상이 어느 정도인지를 잘 알 수 있는 대목이었다.

결국 유례없던 초유의 상황이 벌어졌으니, 헥터 공작의 모든 직위를 박탈하고 작위를 공작에서 후작으로 격하시키라는 황제의 명이 떨어졌다.

도당의 의장직에선 이미 물러났지만, 헥터 공작이 보직을 맡고 있는 직무는 그것 말고도 많았다.

어느 정도는 각오했던 바였기에 헥터 공작은 애써 담담함을 유지하려 했으나, 작위가 강등당한 것은 말로 표현하기 어려울 만큼 치욕스러웠다.

귀족가의 자식들이 사고를 치는 일은 수두룩하다. 죄질의 경중이 있을 순 있지만, 그걸 감안하더라도 여태 그 어떤 가문도 이 같은 제재를 당하지는 않았다.

"이 모든 게 란데르트 공작, 그자 때문이다!"

헥터 공작이 후작이 됨으로써 란데르트 공작가는 제국의 유일한 공작가가 되었다. 그에 헥터 공작은 본래 자신의 것을 빼앗긴 듯한 느낌이 들어 더더욱 참을 수가 없었다.

"내 결코 이 모욕감을 잊지 않으리라!"

머지않아 다시금 그의 세상이 올 터였다. 계획이 실행되는 순간, 모든 게 새로이 손에 쥐게 될 것임을 그는 믿어 의심치 않았다.

지금은 천한 놈들에게까지 손가락질받는 상황이지만, 그의 가문은 오랫동안 제국의 기둥으로 군림해 왔다. 그 저력을 얕보아서는 안 될 것이다.

"그때까지 부디 잘 즐기고들 있으시오!"

수용소로 향하는 아들과 마지막 작별 인사를 하며 헥터 공작은 분노로 점철된 열의를 불태웠다.

Chapter 4.
신탁도 신탁 나름

1.

다사다난했던 새 학기가 지나가고 어느새 기말고사가 다가오고 있었다. 올해 1학기는 바율로 시작해서 자레드로 끝이 났다고 해도 과언이 아니었다.

정령사가 되어 학생 신분으로 특무대신의 자리에까지 오른 바율에 대한 관심이 채 식기도 전, 온갖 말썽을 피우다 퇴학을 당했던 자레드가 시합을 빌미로 캐링스턴을 다시 찾았다가 그야말로 대형 사건을 일으켰다.

동급생을 칼로 찌르고, 어쌔신까지 고용해서 청부 살인을 계획한 자레드의 행태에 일반 시민들도 매우 놀라긴 하였지만, 한때나마 함께 공부하며 지냈던 캐링스턴 아카데미 학생들이 받은 충격에 비할 바는 아니었다.

녀석이 아무리 망나니짓을 일삼았다고는 하나, 살인이라는 악질 범죄에까지 가담했을 거라고는 상상도 못 한 탓이다.

아들을 잘못 둔 덕에 헥터 공작가는, 아니 이제는 후작가라고 불리게 될 헥터가는 몰락의 길로 들어섰다고 봐야 했다.

도당의 의장직에서 내려오게 된 것도 모자라서 모든 관직을 박탈당한 채 칩거에 들어간 헥터 공작은 상계의 거물인 레오네트 가문의 보복까지 감수해야만 했다.

캐링스턴을 통해 들어오던 모든 물자의 수송이 막히자 베노이스트는 난리가 났다. 원인을 몰랐던 베노이스트 시민들이 사건의 원흉을 알고 난 후, 헥터가로 몰려들어 하루가 멀다고 시위를 벌이는 통에 헥터가의 본성은 흡사 전쟁터를 방불케 했다.

이것은 명백히 사람이 불러온 인재였고, 엄청난 재난이었다. 영지민들의 믿음과 신뢰까지 땅에 떨어지며 헥터가는 가문이 생긴 이래 처음으로 엄청난 궁지에 빠졌다.

반면 헥터 공작가가 후작가로 격하됨으로써 제국의 유일한 공작 가문이 된 란데르트 공작의 위상은 날이 갈수록 더욱 높아져만 갔다.

정령사인 바율의 일화가 신화처럼 퍼져 나가며 그가 하루라도 빨리 자신들의 지역에 와 주기를 바라는 사람들이 늘어 갔다.

기말고사가 끝나면 바로 연날리기 대회가 개최될 것이고, 뒤따라 곧 여름 방학이었다. 바율의 첫 발걸음이 어디로 향할지 귀추가 주목될 수밖에 없었다.

바율 앞으로 도착하는 편지의 양도 점점 더 증가했고, 황궁 베르가라를 찾는 발길도 수십 배는 많아졌다.

그나마 다행인 것은 캐링스턴 아카데미가 기숙사 제도로 운영되고 일반인의 출입이 엄격히 규제되다 보니 정작 특무대신인 바율은 보통 때와 다름없이 아카데미 생활을 할 수 있다는 점이었다.

"안녕, 얘들아!"

토요일 오전, 마지막 수업을 막 끝낸 직후였다. 사물함을 정리하는 바율과 친구들에게 엘레인이 반갑게 인사하며 다가왔다.

"엘레인……."

그러나 녀석을 마주하는 바율의 표정은 썩 좋지 못했다. 엘레인이 자신을 찾아온 이유를 알기 때문이었다.

아니나 다를까.

"바그너 사제님께서 잠깐 보자고 하셔. 하교하기 전에

시간 괜찮지?"

"으응, 당연히 괜찮지."

"그럼 나랑 같이 가자. 나도 신전에서 마무리해야 할 게 좀 있거든."

"…이걸 어쩌지? 나도 마침 정리해야 할 게 있어서 말이야. 미안하지만 오늘은 내가 알아서 갈게."

"아, 그럴래?"

"염려 마. 이제 길을 모르는 것도 아니잖아."

아쉬운 기색을 내비치는 엘레인에게 바율이 애써 웃으며 대꾸하자 녀석이 이내 고개를 끄덕이며 씩 미소를 지었다.

"그건 그렇지. 그냥 난 오랜만에 너랑 같이 걸으면 좋겠다 싶었거든."

"미안, 엘레인. 다음엔 꼭 그렇게 하자."

"사과할 필요까지는 없고. 그럼 난 먼저 가 볼게. 다들 주말 잘 보내라!"

엘레인이 친구들에게 손을 흔들고는 먼저 신전으로 떠났다.

"바그너 사제님이 넌 왜 찾으시는 거냐?"

"뭔 일 있었어?"

"바율, 너 표정이 왜 그래?"

"어디 아파?"

로건이 제일 먼저 바율의 이마를 손으로 짚었다.

"열은 없는데."

"방금까지 멀쩡하던 애가, 갑자기 무슨 일이야?"

"그게 말이야……."

바율은 망설이다가 자레드가 나단을 칼로 찔렀던 날, 바그너 사제와 단둘이 나누었던 대화에 대해 짤막하게 설명했다.

"헐! 그러니까, 뭐야! 리타가 나단을 치료했단 말이야? 오직 기도만으로?"

끄덕끄덕.

"대박! 그게 말이 되나? 어떻게 사제도 아닌 리타가 그런 걸 할 수가 있지?"

"에이단, 목소리 낮춰! 다 듣겠다."

녀석의 소리가 어찌나 큰지, 주변에서 돌아보는 게 느껴졌다.

"이럴 게 아니라, 우리 일단 건물 밖으로 나가서 얘기하자."

로건의 주도로 바율과 친구들은 빠르게 짐을 챙겨서 한적한 공터로 빠져나왔다.

"어떡하지?"

바율은 골치가 아팠다. 리타도 리타지만, 자신의 친화력에 대해서도 해명을 해야만 했다. 일전에 알아보겠다고 약속을 하긴 했었는데, 리타의 일로 인해 바그너 사제가 안달이 난 것 같았다.

"안 그래도 나와 리타의 비정상적인 친화력을 교황청에 보고해야 할지 말지 고민하시던 분이야. 근데 리타가 나단의 부상을 낫게 하는 바람에 일이 커져 버렸어. 이제 더 이상 뭐라고 변명을 해야 할지도 모르겠다고."

바율은 정말이지 울고 싶었다.

'사실은 절망의 신과 함께 살고 있습니다' 라고 말할 수는 없지 않은가. 이번 주말엔 다가올 기말고사 대비에 전력을 쏟을 예정이었는데, 공부는커녕 대책 회의라도 해야 할 판이었다.

"쯧쯧, 별 게 다 속을 썩이는구먼."

일라이가 마뜩잖은 듯 혀를 끌끌 찼다.

"라이, 어째 넌 좀 고소해 보이는 얼굴이다?"

"그게 아니라, 그래서 내가 진즉에 마족과 어울리면 안 된다고 말했었잖아. 이게 다 내 말을 안 들어서 생긴 결과인 걸 모르겠냐?"

"바율이 뭐 처음부터 데스가 마족인 걸 알고 만났냐? 애초에 리타의 음식에 홀려 하인으로 위장 취업해서 들어온 거잖아. 나라도 속았겠다!"

"여하튼, 이게 다 마족 때문이라고! 그놈들 아니었으면 이딴 일이 생겼겠어? 이제 그만 그런 쓸데없는 존재들이랑은 끝내 버려!"

"쓸데가 없기는 뭐가 없냐? 리타가 기도만으로 나단을 치료했잖아. 무려 자상을 말이야! 리타는 이제 성녀라고, 성녀!"

"이게 너희가 싸울 일이냐? 가뜩이나 바율 머리 아픈데 조용히들 좀 하지?"

일라이와 에이단의 언성이 높아지자 퀸이 중재에 나섰다.

"그래, 지금은 이럴 게 아니라 바그너 사제님을 이해시키는 것이 급선무야. 여기서 바율이 절망의 신과 친화력이 있다는 사실까지 알려지면 얼마나 더 난리가 나겠냐? 다 같이 차분히 생각을 해 보자."

로건의 말에 일라이와 에이단이 그제야 입을 다물며 서로에게서 조금 물러났다.

평범한 소녀에게 치유 능력이 생겼다. 축복할 만한 기쁜 경사이긴 하나, 조금만 깊이 생각해 보면 이건 아주 큰 문제였다.

바율은 워낙에 지닌바 신분이 높으니 그렇다 치더라도,

일개 하녀에 불과한 리타를 교황청에서 가만둘 리가 없었기 때문이다.

어떻게든 그녀를 끌어들이기 위해서 갖은 방법이 동원될 것이다. 리타는 당연히 바율 곁에 있기를 원할 테니, 많은 갈등이 생길 것은 자명한 일이었다.

"교황청에 알려지는 것만 막으면 되는 건가?"

"그렇게만 되면 일단 수습은 되지 않겠어?"

"그러려면 바그너 사제님의 입을 닫게 하면 끝인 거네?"

"라이, 무슨 방법이라도 있는 거야?"

"물론이지. 그것도 아주 간단한 방법이 말이야."

"오오! 뭔데?"

친구들이 녀석에게로 몸을 숙였다.

"기억 삭제."

"…기억 삭제?"

"응! 기억을 지워 버리는 거야! 바율과 리타에게 친화력이 있다는 걸 깡그리 잊게 하는 거지."

"…그러다가, 둘을 다시 보면? 어차피 바율과 리타를 만나면 친화력은 또 느낄 수 있잖아."

"그건 뭐, 어쩔 수 없지. 그래도 리타가 기도만으로 나단을 치료한 기억을 지워 버리면 더 이상 바율을 닦달하지는 않지 않겠어?"

"네가 할 수는 있는 거냐?"

"뭐? 기억 지우는 거?"

"어."

기대감으로 가득한 친구들의 눈빛이 다소 부담스러웠지만, 일라이는 일말의 머뭇거림도 없이 대답했다.

"당연히 못 하지. 그런 정신계 마법은 잘못했다간 대상자를 백치로 만들 수도 있거든. 나 같은 헤츨링은 성공 확률이 낮아서 안 돼."

"장난하냐? 하지도 못할 거 얘기는 왜 꺼냈는데!"

"나 말고 할 사람 있잖아."

"누구? 너 설마……?"

그 순간, 바율과 친구들의 머릿속을 스치는 한 존재가 있었다.

"라예가르. 그자라면 가능해. 쉬워도 너무 쉽지."

"근데 이사장님께서 도와주실까?"

"마족이라면 너만큼이나 싫어하시는 분인데?"

"밑져야 본전이라는 말도 있잖아. 일단우 부탁이라도 드려 보자."

바율은 다른 수가 생각나지 않았다. 자신보다도 리타를 지켜야 한다. 바그너 사제님에겐 너무나 죄송한 일이지만, 괜한 소문이 더해져서 복잡해지고 싶지 않았다. 깔끔하게 일을 끝내려면 라예가르만이 해결책이었다.

"이사장실로 가자."

"바그너 사제님은 오늘 안 만나게? 아까 기다리신다며."

"깜박했다고 하지, 뭐. 어쩔 수 없잖아."

"이욜, 우리 바율 진짜 많이 바뀌었네?"

사제님의 부름을 다 거역하다니, 일전에 체스 경기에서 자레드를 무지막지하게 몰아세우던 바율이 다시금 떠오르며 친구들이 쿡쿡 웃음을 터뜨렸다.

그러나 그 웃음은 얼마 가지 못했다.

"어라? 사무실에는 안 계시나 본데?"

"오늘 출근 안 하셨나?"

"아냐, 나랑 같이 왔어."

아들인 일라이의 증언에 눈빛을 교환하던 친구들이 이내 뿔뿔이 흩어졌다. 누구든 먼저 라예가르를 찾자는 뜻이었다.

하지만 그는 아카데미 어디에서도 발견되지 않았다. 출근은 했지만, 퇴근을 빠르게 한 모양이었다.

"집에 가서 보면 내가 먼저 말해 볼게."

결국 일라이에게 부탁을 떠넘기고 바율과 친구들은 각자의 집으로 향할 수밖에 없었다. 청부 살인 건으로 교문 밖에서 각자의 호위가 기다렸기에 불가피한 선택이었다.

하나 공교롭게도 바율이 라예가르를 만난 건 그로부터 한 시간이 채 지나지도 않아서였다. 그도 그럴 것이, 그가 바율의 저택에 있었기 때문이다.

템페스타까지 동원해도 찾지 못했던 라예가르가 뜬금없이 이곳에 있는 것도 의아한 일이거늘, 왜인지 분위기가 살벌하다 못해 무시무시했다.

일촉즉발의 상태라고나 할까.

마족인 데스와 드래곤인 라예가르가 당장에라도 달려들 것처럼 서로를 노려보고 있었다.

"무슨 일입니까? 아니, 그보다 지금 여기서 이러시면 어떡해요?"

당황도 잠시, 바율은 서둘러 데스와 라예가르의 사이를 비집고 들어갔다.

"이언 경, 맥 보좌관님은 어디 계세요?"

"아고스가 물어볼 게 있다고 데리고 나갔습니다."

"휴, 그건 다행이네요."

맥 보좌관은 아직 데스와 라예가르의 진짜 정체를 모르고 있었다. 나중에 들키게 되면 어쩔 수 없겠지만, 우선은 더 이상 아는 이들을 늘리고 싶지 않았다.

"보는 눈들이 많습니다. 두 분, 자중하시죠."

이언이 바율 곁에 서며 데스와 라예가르에게 경고했다.

란데르트 공작 전하께서 해밀턴으로 돌아가시자마자 이게 대체 무슨 사달인지, 바율이 오기까지 그는 식겁해서 어떻게 해야 할지 모르고 있었다.

"이언도 봐서 알잖아. 다짜고짜 찾아와서 먼저 지랄한 건 저쪽이라고. 난 낮잠 자다가 완전 당한 거라니까?"

데스가 진심으로 억울하다는 듯 바율과 이언을 바라보며 항변했다.

"이사장님, 무슨 일인지는 모르겠지만 나중에 해결하시면 안 되겠습니까? 저택에 저희만 있는 것도 아니잖아요."

아버지께선 영지로 돌아가셨지만, 바율의 호위를 맡은 만월 기사단이 눈에 불을 켜고 저택을 지키는 상황이었다. 이런 때에 소란을 일으켜서 좋을 것이 없었다.

"걱정 마라. 이미 소리가 새어 나가지 않게 해 두었으니까."

"그래서, 용건이 뭔데? 왜 갑자기 찾아와서 지랄인 건데!"

모처럼 기분 좋은 낮잠을 즐기던 참이었다. 그냥 마주쳐도 재수 없는 존재가 싸움까지 걸어 대니 데스는 오랜만에 전투력이 치솟았다.

"넌 조약을 어겼다. 그러니 당장 마계로 꺼져!"

"…조약을 어겨? 내가?"

그게 대체 무슨 개 풀 뜯어먹는 소리냐는 듯 데스의 얼굴이 일그러졌다.

"그 건이라면 이미 얘기 끝난 거 아니었어? 난 여기 와서 개미 새끼 한 마리도 죽이지 않았다는 거, 당신도 매우 잘 알 텐데?"

"그래, 맞아. 살생이라고는 전혀 안 했지."

"그걸 알면서 이게 무슨 수작질인데? 죽을 때가 다 되니 미치기라도 한 거야? 앙?"

"살생은 안 했지만, 네놈이 바율에게 한 짓이 문제다."

"…제게 한 짓이라고요?"

라예가르의 뜬금없는 발언에 바율이 의아해하며 물었다. 대관절 데스가 자신에게 무슨 짓을 했다는 건지, 바율은 이해할 수가 없었다.

"허 참, 정녕 네가 한 짓을 모르는 거냐?"

"…네?"

"공판정에서 말이다. 네가 자레드에게 절망을 심어 주지 않았더냐!"

"제가…… 뭘 했다고요?"

"바율이 뭘 해? 절망을 심어?"

바율과 데스가 깜짝 놀라며 동시에 되물었다.

"뭐야, 이 반응은? 지금 연기하는 거지?"

라예가르의 황금빛 눈동자가 가늘어졌다. 무엇이든 꿰뚫어 볼 것 같은 날카로운 눈빛이었다.

"저는 당최 이사장님께서 무슨 말씀을 하시는지 모르겠습니다. 절망을 심어 준다는 게 정확히 무슨 뜻이죠?"

그러고 보니 일전에 데스가 인간에게서 절망을 거둬 가면 희망이 남는다고 말한 적이 있었다.

"혹시 절망이라는 감정을 심으면 그 대상이 절망에 빠진다는…… 뭐, 그런 건가요?"

"잘 아는군."

"근데 그걸 제가 했다고요? 자레드에게?"

말도 안 된다고 반박하려던 바율의 머릿속에 공판정에서 자레드가 보인 마지막 모습이 불현듯 떠올랐다.

막판까지 반성은 안 하고 증오 서린 눈빛을 보내던 녀석이 별안간 머리를 부여잡으며 고통에 몸부림을 쳐 댔었다. 막상 감옥에 갇히게 될 걸 생각하니 뒤늦게 두려움이 든 것이라고만 여겼는데, 그게 자신이 한 짓이었다는 말인가?

"바율이 그랬다는 증거는?"

데스의 물음에 라예가르가 손가락으로 본인의 눈을 가리켰다.

"내가 직접 보았다. 네놈도 그 자리에 있었다면 같이 볼 수 있었을 텐데 말이지."

"…하지만 전 기억이 안 납니다. 제가 그랬다면 스스로 알아야 하는 거 아닌가요?"

아무리 드래곤인 라예가르의 말이라지만, 바율은 자신이 절망을 심었다는 얘길 쉬이 믿을 수가 없었다.

그것은 엄연히 신의 영역이었다. 자신이 암만 데스와의 친화력이 높다고는 하나 그런 걸 할 수 있을 턱이 없었다.

"처음이니 자각하지 못하고 벌인 일이겠지. 하지만 분명 그때 강력한 마기가 방출되었다."

"강력한 마기요……?"

"그래. 나뿐만 아니라 모든 드래곤들이 느꼈을 것이다."

그게 가장 큰 문제였다. 라예가르가 오늘 이곳을 찾아온 실질적인 이유이기도 했다.

"얼굴을 보니 이제야 심각성을 인지한 모양이군."

데스의 굳은 표정을 보며 라예가르가 빈정거렸다.

"함께 지내니까 그새 정이라도 들었나? 아무리 그래도 그렇지, 인간에게 그딴 힘을 전승하면 어쩌자는 거야! 마계의 총사령관이라는 작자가 생각이 그렇게 없어?"

"내가 일부러 그랬을 것 같아?"

"뭐?"

"내가 얼씨구나 하고 그랬을 것 같냐고. 당신은 믿지 않 겠지만, 이건 내 의지가 아니야. 같이 살다 보니까 자연스럽게 그렇게 된 모양이지. 나도 처음 겪는 일이라서 당황 중인 거 안 보여?"

친화력이 높은 바율이니 자신의 능력 중에서 하나쯤은 발현할 수도 있겠다고 짐작은 했었다.

하지만 그게 그의 고유 능력인 절망에 관한 힘일 줄은 미처 생각하지 못했다. 일전에 비슷한 대화를 나눈 적은 있지만, 그건 그냥 하는 말이었을 뿐 이런 결과를 예측한 건 아니었다.

"시끄럽고, 당장 꺼져! 더 큰 분란이 일어나기 전에!"

"그렇게는 못 하겠는데?"

"뭐야?"

"내가 바율에게 영향을 끼치기는 했지만, 피해를 준 건 아니잖아? 내가 누굴 해치기를 했어, 현혹하기를 했어? 아니지? 그러니 아직 조약을 깬 건 아니다, 이 말씀이야!"

"그래서, 못 떠나시겠다?"

"당연히. 앞으로 당분간은 여기에 콕 박혀 있을 예정이니, 그런 줄이나 아셔."

"그런 강력한 마기가 방출되었는데 드래곤들이 가만있을 것 같아?"

"누구든 덤비라고 그래. 내가 다 상대해 줄 테니까."

바율의 일로 잠시 놀라긴 했지만, 데스는 이내 평정심을 되찾았다. 자신은 잘못한 것이 없었고, 고로 마계로 쫓겨날 이유 역시 없었다.

"본인의 능력을 너무 과신하는군. 혼자서 감당할 수 있겠나?"

"깜박한 모양인데, 내 밑으로 셋이 더 있어."

"전쟁이라도 하자는 거야?"

"못할 것도 없지."

오히려 드래곤과의 대결은 언제고 데스가 바라던 바였다. 기회만 있다면 전부 싹 다 쓸어버리고 싶은 심정이었다.

"저, 저기요! 두 분, 일단 진정하세요!"

마기까지 분출하며 마신의 권능을 사용했다는 데 잠시 충격에 빠져 있던 바율은 얼른 정신을 차리고 둘을 말렸다.

"전쟁도 안 될 말이지만, 여기서 마족과 드래곤이 붙으면 제일 큰 피해를 보는 건 우리 인간들입니다. 그러니 제발 참아 주세요!"

"맞습니다! 이 건에 대해서는 천천히 차분하게 얘기를 나누어 보도록 하는 게 좋을 듯하군요."

데스와 라예가르의 언쟁에 이언도 놀랐는지 그가 서둘러 바율을 돕고 나섰다.

"얘기할 게 뭐가 있지? 그냥 마족 놈들이 원래 있던 곳으로 돌아가면 해결될 문제인데 말이야."

"그게 싫다잖아. 조약을 깨지도 않았는데 왜 자꾸 가라, 마라야? 귓구멍이 막혔나? 다시 말해 줘?"

"로드인 내가 막아 주는 것도 한계가 있다는 걸 명심해라. 우리 일족이 화가 나면 어떻게 되는지는 네놈도 충분히 알 만큼 알지 않던가?"

"화가 나면 어찌 되는지는 몰라도, 미치면 어떻게 망가지는지는 아주 잘 알지."

광룡 라노스를 실제로 본 적이 있기에 할 수 있는 말이었다.

"나는 분명히 경고했다. 이후에 일어날 일은 책임질 수 없어."

"그쪽이 언제부터 날 그렇게 생각했다고 그래?"

"착각이 지나치군."

라예가르가 어이없다는 듯 피식 웃었다.

"난 내 아들과 녀석의 친구들을 걱정하는 것이다. 만일 네놈이 여기 머무는 일 때문에 내 아들에게까지 피해가 온다면, 그땐 각오해야 할 거야."

"눈물 나는 부정이네."

라예가르가 미간을 찌푸린 채 이죽거리는 데스를 응시했

다. 놈은 모르겠지만, 그가 이제야 이곳을 찾은 건 흥분한 드래곤들을 진정시키느라 시간이 걸려서였다.

난데없이 엄청난 마기가 분출되는 통에 드래곤 사회는 한바탕 난리가 났고, 가뜩이나 데스가 인간계에 머물고 있는 걸 불편하게 생각하던 세력들이 당장 처단에 나서자고 야단을 떠는 통에 수습하느라 애를 좀 먹었다.

"후회는 늘 나중에 찾아오는 법이지. 그때 네놈 얼굴이 어떻게 변하는지 똑똑히 봐 주겠다."

애초에 순순히 말을 들을 거라고는 생각지도 않았다. 라예가르는 로드로서 해야 할 말을 전하러 왔을 뿐이다. 실력행사를 해야 할 날이 온다면 그땐 결코 봐주지 않을 작정이었다.

"앗! 이사장님! 가시게요?"

라예가르가 획 돌아서자 바율은 그제야 아카데미에서 그를 애타게 찾았던 일에 대해 번뜩 떠올렸다.

"그래. 혹 내게 무슨 용무라도 있는 것이냐?"

"네, 다름이 아니라 부탁드릴 것이 좀 있습니다."

"부탁?"

"집에 돌아가시면 라이에게도 전해 들으시겠지만, 이렇게 뵈었으니 제가 말씀드리려고요. 제 일이기도 하니까요."

말해 보라는 듯 라예가르가 팔짱을 끼며 턱을 들어 올렸다. 바율은 리타가 기도만으로 상처를 치료한 일부터 해서 바그너 사제와 있었던 대화에 대해서까지 빠르게 털어놓았다.

"하핫, 아주 가지가지 망쳐 놓았구먼."

어처구니가 없다는 듯 라예가르가 헛웃음을 터뜨렸다.

"그래서 나한테 그 사제의 기억을 지워 달라, 뭐 그런 거냐?"

"네, 이사장님. 라이 말이 이사장님이라면 충분히 하실 수 있다고 하더라고요. 저도 그렇고 리타도 그렇고, 그런 쪽으로는 얽히고 싶지가 않습니다. 해 주시겠습니까?"

"맨입으로?"

이럴 줄 알았다. 절대 뭔가를 공짜로 해 주는 법이 없다고 일라이가 말했었다.

"저에게 원하시는 것이 있다면 뭐든 말씀해 주십시오."

"퇴출."

"…예?"

"저것들 치우라고. 그럼 해 줄게."

여기서 '저것들'이라 함은 마족을 뜻했다. 데스와 그의 형제를 마계로 돌려보내면 바그너 사제의 기억을 지워 주겠다는 것이다.

"그건 좀……."

바율이 난감한 기색을 표할 때였다.

"내가 하지."

데스가 불쑥 끼어들며 제안했다.

"…데스가요? 데스도 그런 거 할 수 있어요?"

"마족 따위가 그런 게 가능할 리 없을 텐데?"

"사제의 마음만 돌리면 되는 거 아닌가?"

"맞아요. 무슨 방법이라도 있는 겁니까?"

데스의 자신만만한 말투에 라예가르가 실눈을 뜬 반면, 바율은 초롱초롱하게 눈빛을 빛내며 그를 올려다보았다.

"내가 누구지?"

"…데스요."

"내가 무슨 신이냐고."

"데스페라티오, 절망의 신입니다."

"그래, 그 사제가 모시는 신이 바로 이 나란 말이지."

데스가 가슴을 앞으로 내밀며 한껏 거만한 자세를 취했다.

"사제를 움직이는 방법은 아주 간단해. 계시만 내리면 되거든."

"…계시요?"

"신의 계시. 이런 말 못 들어 봤어?"

당연히 들어 봤다. 보통 각 신전에서는 신의 계시를 받았다며 여러 일을 도모하고는 한다.

그런 걸 지금 고작 바그너 사제의 입을 막기 위해 내리겠다는 것인가?

"정말 그래도 되는 건가요?"

왠지 찜찜해진 바율이 물었지만, 데스는 걱정 말라며 씩 웃었다.

"역시 한심한 족속들이야."

그 꼴을 보던 라예가르가 고개를 절레절레 젓더니 인사도 없이 공간 이동으로 휙 사라졌다. 그리고 그날 밤, 바그너 사제의 꿈속에 처음으로 데스가 등장했다.

2.

"나의 아들아…… 눈을 뜨거라."

칠흑 같은 어둠 속, 자신을 애타게 부르는 누군가의 목소리에 바그너 사제는 잠에서 깨어났다.

"……거기 누구십니까?"

침상에서 몸을 일으키는 바그너 사제의 음색은 두려움

으로 가득했다. 어째서인지 방 안이 온통 검은 안개로 자욱했다. 초여름 날씨임에도 불구하고 으슬으슬 오한이 들었다.

"내가 누군지 정녕 모르는 것이냐?"

정체불명의 목소리가 다시금 들렸다. 그리고 그 순간, 안개 너머에서 펄럭이는 무언가가 바그너 사제의 시선을 사로잡았다.

"…데, 데스페라티오 님!"

신을 모시는 사제가 자신의 신을 몰라볼 리 없었다. 검은 안개 속에서도 위용을 뽐내는 저것은 분명 데스페라티오 님의 날개였다.

"시, 신이시여! 미천한 신자가 뒤늦게나마 인사 올리옵니다!"

바그너 사제가 즉시 바닥에 엎드리며 고개를 조아렸다.

신께서 직접 강림을 하시다니. 그의 몸이 사시나무 떨듯 덜덜거렸다.

"내 너에게 긴히 할 말이 있어서 찾아왔노라."

"하, 하명하십시오! 그것이 무엇이든 기꺼이 행하겠나이다!"

"최근에 내가 귀히 여기는 이들이 생겨난 사실을 너도 잘 알 것이다."

"…귀히 여기는 이들이시라면, 누구를 말씀하시는지……?"

"장차 큰일에 쓰일 아이들이니라."

'장차 큰일에 쓰일 아이들……?'

신의 말씀을 천천히 곱씹던 바그너 사제의 머릿속으로 번개처럼 두 아이가 지나갔다. 신도도 아니면서 괴물 같은 친화력을 지닌 바율과 리타. 이것은 틀림없이 둘과 관련된 계시였다.

"하지만 아직은 때가 오지 않았다. 쓰임에는 무릇 시기가 있는 법. 조용히 지켜보도록 하여라."

그것이 끝이었다. 검은 안개가 서서히 걷히며 그제야 온전한 방 안의 모습이 드러났다.

"허헉!"

온몸이 땀으로 흠뻑 젖은 바그너 사제가 신음을 토하며 번쩍 눈을 떴다. 열린 창틈으로 선선한 밤공기가 들어오고 있었지만, 그의 열기는 쉽사리 가라앉지 않았다.

3.

다음 날, 바그너 사제가 이른 아침부터 빠른 걸음으로 주교실을 찾았다. 문을 열고 들어가자 안에는 조르지오 주교뿐 아니라 바그너 사제와 같은 고위 사제인 다레온 사제 역시 미리 도착해 있었다.

"먼저 와 계셨군요. 기도를 드리고 오느라 조금 늦었습니다."

바그너 사제가 정중히 예를 올린 뒤 자리를 잡고 앉았다.

"무슨 급한 일이기에 새벽부터 전갈을 보내신 겁니까? 신전에 안 좋은 일이라도 생긴 것입니까?"

이런 방식의 소집은 처음 있는 일이기에 다레온 사제는 벌써부터 얼굴에 걱정이 한가득했다.

"바그너 사제님, 말씀해 보세요."

지난밤의 기억이 떠오르자 바그너 사제는 자신도 모르게 또다시 부르르 몸이 떨렸다. 그에게는 평생을 살면서 처음 겪은 엄청난 사건이자 다시 없을 만큼 명예로운 순간이었다.

"…그게, 어젯밤에 말입니다."

바그너 사제가 조르지오 주교와 다레온 사제를 한 차례씩 마주 본 뒤 이윽고 입을 열었다.

"신탁을 받았습니다."

"…신탁이요?"

"사제님이 직접 말입니까?"

"예, 주교님. 영광스럽게도 데스페라티오 님께서 직접 찾아와 주셨습니다."

"이럴 수가! 만약 그것이 정말이라면 무려 수백 년 만에 내려온 신탁이 아닙니까! 아니 그렇습니까, 주교님?"

다레온 사제가 목까지 시뻘게져서는 흥분을 감추지 못했다. 조르지오 주교 또한 낯빛이 붉게 상기되었지만, 애써 침착함을 유지하며 바그너 사제에게 물었다.

"바그너 사제님께 여쭙겠습니다. 신탁이라고 확신하시는 이유가 무엇이지요?"

그들은 신을 모시는 사제였다. 그런 만큼 꿈속에 신이 등장하는 일 정도는 별로 특별한 경우도 아니었기에 그것만으로 막연히 신탁이라 볼 수는 없었다.

"데스페라티오 님께서 제게 명을 내리셨기 때문입니다."

"명이요?"

"예! 그분께서 두 아이를 지켜 내라, 그리 말씀하셨습니다!"

"두 아이라니요? 그게 누구입니까?"

"바율 군과 리타 양입니다."

"바율 군이라면 란데르트 공작 전하의 아드님을 말씀하시는 겁니까? 이번에 특무대신이 된?"

"맞습니다. 리타 양은 바율 군과 비슷한 또래의 하녀입니다."

조르지오 주교와 다레온 사제는 어리둥절한 눈빛으로 잠시 시선을 맞췄다. 갑작스러운 신탁도 신탁이지만, 바율과 그의 하녀 얘기가 여기서 왜 나오는지 너무나 뜬금없었기 때문이다.

"실은 그간 말씀드리지 못한 것이 하나 있습니다."

바율과 약속을 한 바 있지만, 신탁까지 내려진 마당에 더는 숨길 수가 없었다. 바그너 사제가 바율과 리타의 친화력에 대해 늦게나마 솔직하게 털어놓았다.

"그, 그게 정말입니까? 신도도 아니거늘, 바그너 사제님보다도 높은 친화력이라고요?"

"…송구한 말씀이오나, 주교님과도 비교할 수 없는 수준이었습니다."

"아니, 그런 중한 말씀을 왜 이제야 하시는 겁니까? 당장 우리 신학부로 들여야지요! 이건 전례가 없는 일이지 않습니까?"

"바율 군은 란데르트 공작 전하의 아들입니다. 공작가의 후계자이자, 얼마 전엔 특무대신까지 되었습니다. 그런 상대에게 어찌 신학을 권유할 수 있단 말입니까?"

믿기 어려운 사실에 미처 거기까지는 바로 생각하지 못했다. 다레온 사제가 무릎을 치며 한탄을 내뱉었다.

"허허! 정령사가 아니라 대신관이 되어야 했는데 말입니다! 참으로 아깝습니다!"

"바율 군이 제게 부탁을 했었습니다. 본인도 왜 친화력을 갖게 되었는지 영문을 모르더군요. 스스로 알아볼 테니 그때까지만 비밀을 지켜 달라고 하였습니다."

"한데 어째서 이리 말씀하시는 겁니까?"

그들이 아는 바그너 사제는 약속을 멋대로 깨는 부류의 사람이 아니었다. 이제야 소식을 들은 것이 안타깝기는 하나, 신을 모시는 그들에겐 약조한 바를 지키는 일 또한 매우 중요했다.

"그건…… 신탁의 내용 때문입니다. 혼자서는 도저히 해

석할 수 없어 이렇게 두 분을 모신 것이고요."

바그너 사제는 좀 더 자세하게 어젯밤 받은 계시의 내용에 대해 설명했다.

"귀히 여기는 아이라, 정녕 그리 말씀하셨습니까?"

"네, 주교님. 장차 큰일에 쓰일 아이들이라고도 하셨습니다."

"하지만 아직 그때가 오지 않았다는 말씀이시죠?"

"네, 그 시기가 올 때까지 지키라 하셨습니다."

"지키라…… 정녕 그리 말씀하신 게 사실입니까?"

"네, 주교님."

조르지오 주교의 안색이 짐짓 심각해졌다. 바그너 사제는 신성력도 신성력이지만, 그 누구보다 신실한 신자였다. 예상치 못한 신탁이긴 해도 결코 무시할 수 없는 상황이었다.

"아무래도 성기사를 붙여야겠습니다."

"…바율 군과 리타 양에게 말입니까?"

"왠지 심상치가 않습니다. 하필이면 란데르트 공작 전하의 아들에게 데스페라티오 님의 축복이 떨어졌어요. 훗날 때가 되면 쓰일 것이라고도 하셨지요."

이건 절대 단순하게 볼 문제가 아니었다.

"바율 군은 앞으로 정령사이자 특무대신으로서 많은 일을 하게 될 터인데, 이상하지 않습니까?"

"이상하다니요. 무엇이 말인가요?"

"분명 우리 신전과 어떤 쪽으로든 연이 닿을 거란 얘기입니다. 데스페라티오 님께선 지금 우리에게 그때를 대비하라 경고를 내려 주신 것이라고요."

"경고……!"

"큰일에 쓰인다는 건, 미래에 일어날 그 일에 도움이 된다는 뜻일 겁니다. 그러니 지키라 명하신 게 아니고 뭐겠습니까?"

"아!"

주교의 해석에 두 사제가 동시에 무릎을 내리쳤다.

"바율 군을 당장 불러오는 게 좋겠습니다. 이런 중대한 사실은 빨리 알려야지요!"

주교의 명으로 수행 사제가 재빨리 바율을 부르러 갔고, 1교시 준비를 하던 바율은 영문도 모른 채 월요일 아침부터 신전으로 끌려왔다.

"바그너 사제님……?"

바그너 사제만 있을 거라 생각했던 바율은 모르는 신관들이 함께 있자 살짝 당황하며 사무실로 들어갔다.

분위기가 왠지 심상치 않은 것이, 영 불길했다.

"바율은 처음 뵙겠구나. 이분은 조르지오 주교님이시다. 여긴 다레온 사제님이시고."

"아, 네. 안녕하세요. 처음 뵙겠습니다. 바율이라고 합니다."

어색한 몸짓으로 인사하는 바율을 두 신도가 입도 다물지 못한 채 한동안 넋 놓고 바라보았다. 그도 그럴 것이, 바그녀 사제의 말처럼 엄청난 친화력이 느껴졌기 때문이다.

진맥도 하지 않은 상태에서 이렇게까지 강한 친화력이 감지될 수 있다니 믿겨지지가 않았다.

"단도직입적으로 말하겠다. 너와 리타 양에 대해서 두 분께 이미 다 말씀드렸다. 약속을 지키지 못해 참으로 미안하구나."

"사제님……!"

갑작스러운 부름에 이상하다 여기긴 했지만, 이건 바율의 예측과는 전혀 다른 전개였다. 데스만 철석같이 믿고 있었는데 이게 무슨 날벼락이란 말인가.

"어제 내게 신의 계시가 있었다."

"…신의 계시요?"

데스가 계시를 내린 게 맞기는 한 모양이었다. 근데 어째서 이런 결과가 나온 것인지 의아했다.

"데스페라티오 님께서 내게 그러시더구나. 귀한 아이들이니 쓰임이 있을 때까지 잘 지켜 내라고."

"…지켜요?"

"그래, 역시 내 예상이 맞았다. 너와 리타 양은 선택을 받은 게 분명하다. 신께서 언젠가 벌어질 큰일을 대비하시고자 너희를 준비하신 거란다."

"그럴 리가 없을 텐데요……."

바그너 사제의 관심에서 멀어지게 해 주겠다고 장담하는 걸 바로 눈앞에서 보았다. 한데 쓰임이니, 지킴이니 이게 다 무슨 소리인지 바율은 당최 이해가 가지 않았다.

"수백 년 만에 내려진 신탁이다. 우린 이걸 지켜야만 해."

바그너 사제의 표정과 말투에선 사뭇 비장함마저 느껴졌다.

"너의 안전을 만월 기사단이 지키고 있다는 건 잘 알고 있다. 하나 우리도 가만히 있을 수만은 없지 않겠느냐?"

"……?"

가만히 있지 않는다면 대체 뭘 하시려고요?

불안감이 엄습하며 바율은 꿀꺽 침을 삼켰다.

"너와 리타 양에게 성기사를 보낼까 한다."

"예에에? 성기사요?"

"그렇다. 신께서 지키라 하셨으니, 그 명을 따라야 하지 않겠느냐?"

"…그게, 절대 그리 말씀하셨을 리가 없을 텐데요……."

이건 뭔가 착오가 있는 게 틀림없었다. 데스가 그의 곁에 있는데 누가 누굴 지킨단 말인가?

귀찮은 혹을 떼려다가 오히려 더 큰 혹이 늘어난 꼴이었다. 성기사가 옆에 붙는다면, 그걸 보고 사람들이 또 무어라 수군거릴 게 분명했다. 가뜩이나 만월 기사단이 시선을 주목시키고 있는 이때, 그건 정말이지 안 될 얘기였다.

'끄응.'

월요일 아침부터 바율은 두통으로 머리가 지끈거렸다.

4.

"바율, 너 무슨 걱정거리 있어? 아까부터 표정이 왜 그래?"

학생들이 하루 중 가장 즐거워하는 점심시간이었다. 행정학부 수업을 마치고 함께 식당을 찾은 바율과 퀸은 식판에 음식을 담아 빈자리에 자리를 잡고 앉았다. 식당 안이 한산한 걸 보면 다른 학부 수업이 조금 늦어지는 듯했다.

"혹시 아까 신전에 불려 갔던 일이 잘 안 풀린 거야?"

바율이 대답은 하지 않고 한숨만 내쉬자 퀸이 한 번 더 물었다.

"…그게, 일이 좀 꼬인 것 같아."

"꼬여?"

"응……."

바율은 자신을 올려다보던 주교님과 사제님의 얼굴이 아직도 눈앞에 생생했다. 놀라움을 넘어 경악이 서린 눈빛들. 정작 스스로는 아무렇지도 않건만, 바그너 사제님의 말씀대로 그분들 역시 자신에게서 막대한 친화력을 느끼신 것이다.

그 덕에 입을 막아야 할 대상이 하나에서 셋이 된 것도 부담스러운 판에, 자칫하면 성기사를 호위로 받아들여야 할지도 모르는 상황이었다.

뿐인가.

리타에게까지 그들의 마수(?)가 뻗칠 게 뻔했다.

신탁은 신관들에겐 무엇보다 가장 우선시되는, 절대적인 소임 같은 것이었다. 신의 계시가 내려지면 그 어떤 방해물과 권력에도 굴하지 않고 묵묵히 그 일을 수행하는 이들이 바로 종교인들이었다.

만약 인간인 내가 자레드에게 절망을 심었다는 사실까지 알게 되면 어찌 될까?

지금도 이렇게 난리가 났는데, 그것까지 더해지면 아마 더는 아카데미 생활을 할 수 없을지도 모른다.

'안 돼! 그것만은 막아야 해!'

불길한 상상에 바율은 자기도 몰래 강하게 고개를 좌우로 흔들었다.

"바율, 너 뭐 하냐?"

그때 수업을 마친 친구들이 합류했다. 로건과 일라이, 그리고 에이단이 나란히 식판을 내려놓으며 퀸에게 눈짓했다.

'얘 왜 이러냐?'

'그새 무슨 일 있었어?'

바율을 살피며 눈으로 묻는 로건과 일라이와 달리 에이단은 직접 입을 열었다.

"설마 둘이 싸운 건 아니지?"

"내가 너냐?"

퀸이 퉁명스레 대꾸하며 바율을 향해 몸을 돌려세웠다.

"녀석들도 왔으니까 이제 얘기해 봐. 수업에도 집중 못할 정도면 큰일 생긴 거 맞지?"

사실 아까부터 묻고 싶었는데, 혼자 생각을 정리할 시간도 필요할 것 같아서 퀸은 내내 참고 있었다.

"지금 바율에게 생길 큰일이라면 데스와 관계된 것밖에 더 있어? 이사장님이 기억 안 지워 주신대?"

역시 눈치 하나는 빠른 에이단이었다. 녀석이 일라이를 툭 치며 묻자, 일라이가 말했다.

"그건 알아서 하겠다고 했다던데?"

"알아서 해? 누가?"

"누구긴 누구야, 사고 친 마족 놈이지. 주말 동안 해결된 거 아니었어?"

집에서 만난 라예가르에게 그렇게 들었기에 일라이는 그 건은 다 끝난 줄로만 알고 있었다.

"그러고 보면 1교시 역사 수업 때도 안색이 어두워 보였어. 네가 늦게 들어오는 바람에 물어보질 못했는데, 신전에서 무슨 일이 있었던 거야? 어서 말해 봐, 바율."

걱정이 담긴 로건의 물음에 바율은 잠시 망설이다가 지난 토요일에 라예가르가 찾아왔던 일에 대해서부터 털어놓았다.

"헐! 절망을 심었다고? 바율, 네가?"

"그래서 그렇게 노려보던 자레드 자식이 막판에 머리를 부여잡고 질질 끌려갔던 거었어?"

"말도 안 돼! 이게 정말 가능한 일이냐? 넌 마족이 아니라 인간이잖아."

"이사장님이 하신 말씀이니 사실이긴 할 텐데…… 정말 믿을 수가 없군."

바율의 새로운 능력에 친구들 역시 기절할 것처럼 놀랐다.

"바율, 이참에 다 까 봐라. 대체 너한테 무슨 능력이 더 있는 거냐?"

매번 새로운 무언가가 튀어나오니 이제 놀라는 것도 지칠 정도였다.

"근데 라이, 너는 이사장님께 다 들은 거 아니었어?"

"우리가 뭐 그렇게 사이좋은 관계냐? 그냥 기억 좀 지워 달라고 부탁 한마디 했더니 해결됐다고 하길래 그걸로 끝났지. 그래도 이런 얘기는 미리 좀 해 주지, 아무튼 치사하다니까!"

"리타는 치유 능력이 생기고, 바율 넌 절망의 신의 힘을 이어받고. 이거 완전 대박이다! 상상 초월이야!"

"문제는 그게 아니야."

바율은 사태를 해결하겠다며 나선 데스가 바그너 사제에게 계시를 내린 부분까지 차분하게 설명했다. 그리고 덕분에 주교에게도 사실이 알려지면서 데스의 의도가 이상하게 전달되어 조만간 성기사가 붙여질 거란 말도 덧붙였다.

"그러니까, 뭐야. 일을 수습한 게 아니라 더 키웠다는 거네?"

"그것도 관심을 있는 대로 높여 준 꼴이고."

"쯧쯧, 조용한 처리는커녕 아주 난장을 쳐 놨구먼? 마족 놈들이 하는 일이 다 그렇지, 뭐. 내 언젠가 이런 날이 올 줄 알았다!"

역시나 일라이가 혀를 차 대며 마족을 싸잡아 욕했다.

"데스는 뭐래? 저택에 있을 테니 아직 모르고 있는 거지?"

"응, 그럴 거야."

"그럼 일단 만나 보자. 그게 순서가 맞을 것 같아. 우리 끼리 의논한다고 해서 답이 나오는 것도 아니니, 이따가 오 두막에 모여서 다 같이 얘길 들어 보는 게 어때?"

"그거 좋은 방법이다. 아무렴, 자고로 똥은 싸지른 놈이 치워야지."

마족과의 만남은 불쾌하지만, 일라이도 이번 제안에는 적극 찬성했다.

"식사가 끝나는 대로 얼른 저택에 연락을 넣는 게 좋겠 다, 바율."

"아니야, 로건. 그럴 필요 없어. 템페스타에게 부탁하면 되거든."

"아 참, 그렇지."

바람의 정령인 템페스타보다 빠르게 소식을 전할 방법은 없었다. 상대가 데스라서 녀석이 좀 싫어할 수는 있겠지만, 바율의 부탁을 거절하지는 않을 것이다.

대체 계시를 어떻게 내렸기에 이런 결과를 초래했는지, 바율은 물론이고 친구들 전부 궁금해서 도통 오후 수업에 집중할 수가 없었다.

그리고 그날 밤.

"무슨 일이기에 날 찾았지?"

다행히 템페스타가 일 처리를 잘해 주었는지 데스가 친구들이 다 모인 오두막으로 거들먹거리며 들어섰다.

"혼자 오셨네요?"

"다들 음식 재료 손질한다고 정신없거든."

저택에 머무는 식구가 늘어나면서 자연스럽게 해야 할 노동의 양도 증가했다. 개중 손이 가장 많이 필요한 부분은 주방 쪽이었는데, 다행히 마족 삼 형제가 적극적으로 일에 참여해서 잘 돌아가고 있었다. 다음 날 요리에 쓰일 식재료를 다듬고 정리하는 것이 요즘 일상이었다.

"명색이 신이라는 작자가 자신이 무슨 사고를 쳤는지 아직 감도 못 잡고 있네. 이걸 웃어야 할지, 울어야 할지!"

"어이, 헤츨링! 보살펴 줄 어른도 없는데 시비는 그만 털지? 더는 봐주지 않겠다고 일전에 경고한 것 같은데?"

"하핫! 역시 마족 놈들은 상판이 두껍다니까! 이 시간에 불려 나왔으면 최소한 왜일지 이유라도 가늠해 봐야 하는 것 아닌가? 왜 이렇게 무식한 거야?"

"라이, 그만해."

"그래, 아직 데스에게서 자초지종도 못 들었잖아. 얘기가 끝나고 나서 뭐라고 해도 늦지 않아."

"내가 뭔 얘기를 해야 하나 보지?"

데스로서는 그게 뭔지 짐작조차 가지 않았지만, 어째 돌아가는 정황이 그러했다.

"데스."

"본론만 말해."

"바그너 사제님께 계시를 내린다고 하셨죠?"

"그랬지."

"뭐라고 하셨어요? 저와 리타에게 관심 거두라고 하신 거 맞아요?"

"…내 신탁에 문제가 생긴 건가?"

"이제야 감이 오시나 보네."

일라이의 이죽거림에 바율이 그러지 말라는 양 잠시 녀석을 쳐다보았다가 다시 데스에게 시선을 주며 말했다.

"오늘 바그너 사제님뿐 아니라 주교님까지 만나고 왔습니다. 신탁을 받았다면서, 저와 리타가 장차 큰일을 도모할 아이들이니 지켜야 한다고 하시더군요."

"뭐라고? 지켜?"

"네, 그래서 제게 성기사를 붙이시겠답니다. 그것도 교황청에 요구해서 아주 실력 좋은 분들로 말이죠."

"이런 모자란 것들을 보았나! 조용히 지켜보라고 했더니, 말은 안 듣고 무슨 짓들을 벌이는 거야? 말귀를 못 알아먹어도 유분수지, 다들 바보 천지들인가? 성기사를 붙이긴 왜 붙여!"

데스가 황당했는지 버럭 소리를 지르자, 순간 오두막이 무너질 것처럼 흔들리며 먼지가 우수수 떨어졌다.

"조용히 지켜보라고 한 거, 정말이에요?"

에이단이 의심에 찬 음성으로 묻자 데스가 눈을 부라리며 대답했다.

"내가 거짓말이라도 하는 것 같아?"

"아니, 그건 아닌데요. 밑밥으로 깐 말들이 조금 그렇잖아요."

"밑밥?"

"네. 그냥 신경 끄라고 하면 쉽게 끝날 일인데 귀한 아이들이다, 장차 큰일을 도모할 것이다, 이런 말은 굳이 왜 하신 겁니까? 그것도 수백 년 만에 내려진 신탁이라면서요. 그런 상황에 저런 말을 들었으니 사제님들 입장에서 바율을 그대로 내버려 두어야겠다는 생각이 들었겠습니까?"

"너, 신탁 안 내려 봤지?"

데스의 뜬금없는 물음에 에이단은 어이없다는 표정으로 고개를 끄덕였다. 신도 아닌 그가 어찌 그런 걸 할 수 있겠는가.

"원래 신탁이란 게 좀 있어 보여야 하는 거라고. 아무렇게나 막 말하면 모양 빠지잖아."

"…그런 것까지 따져야 하는 겁니까?"

"당연하지. 얌전히 지켜보라고 했으면 지들이 어지간히 잘 알아먹었어야지! 누가 지켜보랬지, 지키랬어? 으그, 한심한 것들!"

"당신 발음이 이상했던 건 아니고?"

"뭐야?"

일라이의 지적에 데스의 까만 눈동자에서 붉은빛이 일렁였다. 신탁도 제대로 못 알아들은 신관들 때문에 가뜩이나 성질이 나 있는데, 그를 더 자극해선 좋을 게 없었다.

"라이, 지금 그런 게 중요한 게 아니잖아. 어떻게든 이 꼬여 버린 실타래를 풀어야 한다고."

"맞아, 주교님이 정말 성기사를 바율 곁에 배치하기 전에 끝내야 해."

"다른 방법 있어?"

"역시 기억을 지우는 수밖에 없는 건가?"

"기억을 지우는 대가로 이사장님이 요구하신 조건이 있어. 근데 그건 내가 어떻게 할 수 없는 거야."

바율은 힘없이 고개를 가로저었다.

"됐어. 내가 해."

"…데스가 하겠다고요? 어떻게요?"

"다시 계시를 내려야지."

"또 말인가요?"

그건 좋은 방법이 아닌 것 같다며 바율과 친구들이 동시에 인상을 써 댔지만, 데스의 결정은 확고했다.

"이번에는 확실하게 마무리 지을게. 허튼소리 안 나오도록 하면 되는 거잖아."

"어쩌시려는 건데요? 설마 바르처럼 팔을 자른다거나 뭐 그러려는 건 아니죠?"

이제는 데스의 성격을 너무 잘 알다 보니 바율은 걱정을 안 할 수가 없었다. 상대는 마족이 아니라 인간이며, 무려 데스를 모시는 신도들이었다. 그에 맞는 대우를 해 주어야 했다.

"내가 그런 것까지 일일이 네게 얘기해야 해?"

"그건 아닙니다만……."

"내일 소식이나 기다리고 있어."

그 말을 끝으로 데스는 오두막에서 사라졌다. 신탁을 내리러 가겠다는 모양새치고 태세가 너무 전투적인 게 마음에 걸렸지만, 그를 막을 방도는 없었다.

"이번엔 잘해 내겠지?"

간절한 바람이 담긴 바율의 말에 누구 하나 대꾸하는 이가 없었다. 차라리 아버지에게 해결해 달라고 부탁드릴 걸 그랬나, 하는 후회가 뒤늦게 바율을 고뇌에 빠뜨렸다.

5.

"후아함."

바율은 기지개를 켜며 크게 하품을 했다. 데스가 제대로 일을 처리할지 걱정하느라 간밤에 늦게 잠든 탓인지 평소와 달리 몸이 개운하지가 않았다. 일찍 일어났으면 아침 운동이라도 했을 텐데, 이미 밖이 소란스러운 걸 보니 그러기엔 늦은 듯했다.

"아, 맞다! 오늘 1교시가 승마였지?"

그때 퍼뜩 화요일의 첫 과목이 머릿속에 떠올랐다.

"퀸! 우리 얼른 씻고 밥 먹으러 가자! 수업 전에 소화시키려면 서둘러야겠어."

몸을 좀 이리저리 움직이다 보면 이 찌뿌둥함이 조금은 사라질 것이다. 야외 수업보다 실내 수업을 좋아하는 바율이었지만, 오늘만큼은 예외였다.

확실한 동기가 생기자 저절로 몸이 벌떡 일어나졌다. 바율은 침대에서 내려오자마자 빠르게 이불을 정리했다. 아니, 그러려고 했다.

"…바그너 사제님?"

기숙사, 그것도 바율과 퀸이 공동으로 쓰는 이 방에서는 결코 볼 일이 없는 존재가 눈앞에 있었기 때문이다.

바율은 순간 자신의 시력에 이상이라도 생긴 줄 알았다. 그래서 눈을 비비고 또 비벼 봤지만, 눈앞의 대상이 바뀌는 일은 일어나지 않았다.

"삼십 분 전에 도착하셨어."

인어족인 퀸은 청력이 인간보다 예민했다. 잠에 빠진 바율이 바그너 사제의 방문을 알아채지 못한 반면, 그는 바로 일어나 의외의 손님을 맞이했다. 차분한 음색이었지만, 퀸 역시 바율만큼이나 놀란 얼굴을 하고 있었다.

"…그럼 나를 깨우지 그랬어."

바율은 두근거리는 심장을 애써 진정시키며 바그너 사제에게로 다가갔다.

"사제님께서 이른 아침부터 여기까지 어쩐 일이세요?"

데스가 또 무슨 사고라도 친 건가요?

긴장이 되는 건 어쩔 수가 없었다. 바율이 마른입을 적시며 묻자 별안간 바그너 사제가 허리를 숙이며 바율에게 예를 올렸다.

"그간 몰라뵈어서 송구합니다. 모든 게 신앙심이 부덕한 저의 탓입니다."

"바, 바그너 사제님! 갑자기 왜 이러세요?"

심장이 두근거리다 못해 덜컹 내려앉았다. 난데없이 존 댓말이 웬 말이며, 이 저자세는 또 뭐란 말인가?

바그너 사제가 불쑥 찾아온 조금 전보다 더 무서운 상황 이었다.

"신께서 내려 주신 성현이신 줄도 모르고, 너무나 많은 불경을 저질렀습니다. 부디 용서하여 주십시오."

"…성현이요?"

바율과 퀸은 누가 먼저랄 것 없이 서로를 바라보았다.

성현이라 함은 종교계에서 성덕이 뛰어난 사람을 일컫는 말이었다. 신앙에 모범이 되었거나 출중한 덕행으로 명성 을 얻은 이에게 부여되는 대단히 명예로운 칭호로, 보통 대 상자가 타계한 후에 추대되는 경우가 일반적이었다.

성현으로 인정이 되면 지위 고하를 막론하고 우러러 섬 김을 받으며 많은 이들이 따르게 된다. 과장을 조금 보태자 면 거의 신에 준하는 취급을 받는다고 볼 수 있었다.

바율이 진짜 성현인지 아닌지를 떠나서, 바그너 사제가 현재 왜 이런 태도를 취하고 있는지 한 방에 납득할 수 있 는 단어였다.

"이러고 있을 게 아닙니다. 밖에서 주교님과 신관들이

바율 님을 기다리고 있습니다."

"저를 기다린다고요? 지금 말입니까?"

"예! 성현을 직접 모시러 왔습니다!"

아아악!

바율은 진심으로 비명을 내지르고 싶었다.

왜 불길한 예감은 항상 틀리지를 않는 걸까.

이놈의 빌어먹을 신탁이 또 잘못되었음을 바율은 그 순간 깨달았다. 역시 데스를 믿는 게 아니었다. 그를 끝까지 말리지 못한 어제의 자신이 미치도록 원망스럽다.

"바율……."

소리 없는 외침이었지만, 퀸에게는 들린 모양이었다. 바율을 부르는 퀸의 음성엔 근심과 우려가 가득했다. 그 또한 데스의 신탁에 오류가 생겼음을 알아차린 것이다.

"옷을 갈아입으셔야 할 터이니 잠시 나가 있도록 하겠습니다."

바그너 사제가 정중하게 문을 열고 나가 복도에 섰다. 이미 소문이 퍼지기라도 했는지, 문 너머로 기웃거리는 아이들의 모습이 눈에 띄었다.

'데스…… 대체 무슨 짓을 한 거예요!'

"바율, 밖을 좀 봐 봐."

창가에 선 퀸이 좌절하는 바율에게 이리 와 보라며 손짓

했다. 바율은 보고 싶지 않았다. 어떤 악몽이 기다리고 있을지 너무나 두려웠기 때문이다.

그러나 바율의 발은 벌써 창문으로 향해 가고 있었다.

"……!"

그리고 커튼 너머의 풍경을 마주한 순간 바율은 할 말을 잃었다. 말문이 막혔다는 게 바른 표현일 것이다. 입이 벌어졌으나, 소리가 나오지 않았다.

기숙사 입구 앞에 조르지오 주교는 물론이요, 많은 신관들이 사제복을 입은 채 도열해 있었다.

굳이 물을 필요도 없었다. 저들이 기다리는 건 바율, 바로 본인이었다.

"이런 상황에서 이렇게 말하기가 좀 그렇긴 한데, 우선은 빨리 내려가는 게 낫겠어. 아이들이 더 몰려들기 전에 말이야."

본격적으로 등교가 시작되면 더 많은 시선들이 밀려들 것은 자명했다. 실상을 파악하기 위해서라도 서둘러 가 보아야 했다. 데스가 어떤 신탁을 내린 건지 알려면 다른 수가 없었다.

"…어쩌면 오늘 1교시 수업은 빠져야 할지도 모르겠어. 퀸, 네가 대신 교수님께 잘 말씀드려 줘."

"응, 알았어."

퀸도 마음 같아선 바율과 함께 가고 싶었지만, 신전 일과
아무 관계도 없었기에 차마 그럴 수는 없었다.

"바율, 잘 처리하고 와."

고작 할 수 있는 게 이런 말뿐이었다.

6.

"뭐야? 바율, 무슨 일이야!"

뒤늦게 소식을 듣고 달려온 건지, 기숙사를 나서는 바율
의 등 뒤로 친구들의 목소리가 들렸다.

바율이 돌아보자 '망할 마족 새끼! 기어이 일을 치시네!'
라며 욕하는 일라이가 보였다.

"성현을 뵈옵니다."

바율이 일 층으로 내려오자 펼쳐진 광경은 정말이지 진
풍경도 이런 진풍경이 없었다. 신전에 있어야 할 신관들이
죄다 나와서 바율에게 예를 올리는 모습은 놀라움을 넘어
기이하기까지 했다.

바율은 절망의 신전에 이렇게나 많은 신관들이 있다는
것도 오늘 처음 알았다.

"이게 뭔 일이래?"

"사제님들이 왜 바율한테 저러는 거야?"

"지금 정령사가 아니라 성현이라고 한 거 맞지?"

아이들의 수군거림이 바율의 귀에도 분명하게 들려왔다. 더 시끄러워지기 전에 어서 자리를 떠야 했다.

"신전으로 모시겠습니다."

그런 바율의 마음을 읽었는지 어쨌는지 바그너 사제가 바율을 신전으로 인도했다. 그 뒤를 마치 수행이라도 하듯 신관들이 줄을 이어 따라갔다.

할 말이 있으면 어제처럼 그냥 아무나 시켜서 부르셨으면 좋았을 것을, 어째서 이런 상황을 만드신 건지 원망스럽기 짝이 없다.

물론 그 원망이라는 감정은 데스에게 비할 바는 아니었다. 이번 사건의 원흉은 분명 데스의 신탁이었다. 바율은 데스에게 그 어떤 일도 맡겨선 안 된다는 걸 아주 뼈저리게 느꼈다.

"이쪽으로 앉으시지요."

버젓이 주교가 있는데도 가장 상석을 바율에게 권했다. 거절을 하면 실랑이를 하게 될 게 뻔해서 바율은 일단 군말 없이 하라는 대로 했다.

"이제 말씀해 주십시오. 제게 왜들 이러시는 건가요? 너무나 부담스럽습니다."

"어젯밤 신탁이 또 내려왔습니다."

"네에…… 이번엔 뭐라시던가요?"

"데스페라티오 님께서 무척이나 노여워하셨습니다. 저희가 신의 뜻을 잘못 해석했던 것입니다."

조르지오 주교를 비롯한 사제들의 표정이 침통에 젖었다.

"그 때문에 지난밤 신전이 뿌리째 흔들렸습니다! 지진이라도 난 줄 알고 어찌나 깜짝 놀랐는지, 행여나 신전이 무너지기라도 할까 봐서 내내 가슴을 졸였습니다."

"신전이 흔들렸다고요?"

"예에! 절망의 신께서 크게 노하셨던 게지요."

"저희 셋에게 신탁이 바로 내려졌기에 망정이지, 단순한 지진으로 오해하고 넘어갈 뻔했습니다."

신전이 흔들릴 정도의 지진이었다면 기숙사에서도 진동이 느껴졌어야 정상이었다. 하지만 밤사이 바율은 아무것도 느끼지 못했다. 사제님들의 말씀처럼 데스가 한 게 분명하다.

"성현이 강림하신 것도 몰라뵙고…… 다시 한번 깊이 사죄드립니다."

"바그너 사제님, 저는 성현이 아닙니다. 아까부터 대체왜 그런 말씀을 하시는 겁니까? 제게 신앙심이 없다는 걸잘 아시잖아요."

"어제 신께서 말씀하셨습니다. 바율 님은 감히 저희의 잣대로 평가할 수 없는 분이니 무언가 더 하려 하지 말고 물러나 있으라 명하시더군요!"

"물러나 있으라고 하셨다고요? 한데 왜 아침부터 절 찾아오신 거죠?"

데스에게 따질 작정이었는데, 그 말대로라면 신탁을 제대로 내린 게 맞았다. 이번에는 별로 헷갈리게 한 것 같지도 않은데, 어째서 이런 사태가 벌어졌는지 도무지 이해가 가지 않았다.

"신전이 무너질 뻔하였습니다! 저희가 얼마나 바율 님을 박대하였으면 그러셨겠습니까?"

"…박대라니요? 저는 그렇게 느낀 적이 단 한 번도 없습니다!"

"잘 지키라 하셔서 명을 수행 중이었는데, 그 정도로는 만족이 안 되신 게지요. 그렇게 할 거면 아예 거들지도 말라며 경고를 내리신 겁니다."

"아니요! 그렇게 복잡하게 생각하실 게 아니라, 단순하게 받아들이시면……."

"란데르트 공작가의 후계자이신 바율 님에게 감히 대신관의 자리를 권유할 수는 없지 않겠습니까? 하니 성현으로 모실 수밖에요."

"암요! 저희가 함부로 평할 수 없는 분이라는 건 신께서 직접 간택을 하셨다는 뜻입니다. 수백 년 만에 연속으로 신탁이 내려진 것 역시 바율 님을 잘 보필하라는 뜻을 보이시기 위함이 틀림없습니다."

"수백 년 만에 내려진 신탁에, 절망의 신전 최초의 성현이십니다. 바율 님과 동시대를 살아가고 있다니, 정녕 믿기지가 않습니다!"

"오오, 신이시여!"

갑자기 사제들이 두 손을 모으며 데스를 부르짖었다.

'미치겠군.'

왜곡도 이런 왜곡이 없다.

있는 그대로 해석하면 정녕 안 되는 걸까?

기실 데스도 아주 문제가 없는 건 아니었다. 깔끔하게 신경을 끊으라고 말하면 될 것을, 아무튼 그놈의 있는 척이 이 모든 일의 원인이었다.

"앞으로 성현으로 잘 모시겠습니다. 리타 양 역시 말입니다."

저기요, 신관님들.

리타를 건드리면 정말로 큰일 날 겁니다.

이번엔 신전이 산산이 부서질지도 모른다고요.

그거 알고나 이러시는 겁니까?

하고픈 말이 참 많지만, 바율은 애써 참으며 여기까지 오면서 생각했던 많은 방법 중에 하나를 꼽아 제안했다.

"다들 잘 아시다시피 저는 신도도 아닙니다. 하지만 강한 친화력이 생긴 건 사실이지요. 네, 성현도 좋고 다 좋습니다. 신전에 도움이 될 만한 일이라면 할 수 있는 한에서 최대한 돕겠으니, 제게 약조해 주십시오."

"뭐든 말씀하십시오!"

바율이 최대한 돕겠다고 하는데 무엇인들 약조하지 못하겠는가. 이번 기회는 신전의 명성은 물론, 그들의 교구가 보다 높이 오를 수 있는 동력이 될 게 틀림없었다.

"제 주변을 지키기로 한 모든 호위를 거둬 주십시오."

"⋯성기사 말씀입니까?"

"네, 준비 중이신 거 모두 멈춰 주시란 말씀입니다."

"하지만⋯⋯."

"호위는 만월 기사단만으로 충분합니다. 그들보다 뛰어난 기사가 없다는 건 사제님들께서도 잘 아실 텐데요."

제국민 모두가 아는 걸 그들이라고 모를 리 없다.

"그리고 저 역시 정령사입니다. 제 몸 하나는 충분히 지킬 여력이 되니 호위는 정중히 사양하겠습니다."

조르지오 주교가 머뭇거리자 바율은 좀 더 강경하게 나갔다.

"안 그러면 저 역시 아무 약속도 드릴 수 없습니다."

바율의 단호한 말투에 잠시 고민하던 조르지오 주교는 이내 고개를 끄덕였다.

"알겠습니다. 뜻대로 따르지요."

괜히 더 고집을 부렸다간 바율을 영영 놓칠지도 몰랐다. 어차피 결정권은 바율에게 있지, 그들에겐 달리 선택권이 없었다.

"한 가지 더 있습니다."

지금 할 말이 가장 중요한 대목이었다.

"오늘 여기서 오간 모든 사안을 비밀에 부쳐 주십시오. 저와 리타에 관한 건 오로지 신전의 높으신 분들만 알고 계셨으면 합니다."

"성현의 등장입니다! 그런 경사를 어찌 알리지 말라 하시는 겁니까?"

"설마 제가 황제 폐하의 명을 받드는 특무대신임을 잊으신 건가요?"

"……!"

"여름 방학이 되면 전 폐하의 명을 수행하러 이곳저곳으로 떠나게 될 겁니다. 제국민들의 수많은 희망이 제 어깨에 달렸지요. 지금은 해야 할 일이 아주 많다는 뜻입니다. 책임도 막중하고요. 다만 언제가 될지는 모르겠으나, 제가 감당할 수 있는 때가 오게 되면 그때 공포해 주십시오. 그땐 얼마든지 포교 활동에 참여하겠습니다."

바율의 마지막 말이 미친 영향력은 가히 엄청났다. 어마어마한 능력과 이력의 소유자가 그들의 신전을 지지한다면 당연히 많은 이들이 따를 것이다. 종교계의 거물로 우뚝 솟을 만한 기회이기도 했다.

"내부 회의를 마치는 대로 연락드려도 되겠습니까?"

"물론입니다."

이미 반은 넘어왔다. 그리고 바율의 직감대로 그날 오후, 신관들은 바율의 신분을 잠시 비밀에 부치는 쪽으로 합의했다.

아침에 학생들이 보았던 풍경은 대충 꾸며서 설명하면 문제없으리라. 이미 놀라운 일을 많이 겪은 아카데미 학생들에게는 조금 유별난 일이 하나 더 추가된 것뿐이었다.

긴 하루가 끝이 나고 바율이 느낀 바는 이번 사태를 해결한 건 라예가르도, 데스도 아니라는 점이었다.

결국 뒷수습은 모조리 바율의 몫이었다.

Chapter 5.
변하는 정세

1.

환한 달빛이 연무장을 비추었다. 스무 명 남짓한 젊은 청년들이 그 아래 자리를 잡고 앉아 명상에 잠겨 있었다.

사위는 쥐 죽은 듯이 고요했고, 간간이 풀벌레 소리만 애연스럽게 울렸다.

그렇게 얼마나 지났을까.

헤이즈가 바람을 맞으며 홀로 말없이 연무장을 내려다보고 있던 란데르트 공작에게로 조용히 다가와 섰다.

"확실히 빨라졌어. 밤에 명상을 한 지가 얼마나 됐지?"

"석 달 정도 되었습니다."

"석 달이라……."

곱씹어 말하는 란데르트 공작의 입가에 작은 미소가 번졌다. 흡족함의 표현이었다.

"새로운 훈련 방식 덕분인지 올해 신입 단원들의 수준이 작년에 비해 전체적으로 높은 편입니다. 아직 이른 판단이기는 하나 제법 쓸 만한 녀석들도 몇 명 보입니다."

라예가르로 인해 만월 기사단의 비밀이 풀렸다. 태양의 일족보다 월등하게 강한 힘을 타고났지만, 수에 밀려 사라질 수밖에 없었던 달의 일족의 후손.

만월 기사단이 만월이 뜨는 날에 강해지는 건 그런 이유에서였다.

해서 석 달 전부터 달이 밝게 뜨는 밤이면 기사단 전체가 달의 정기를 받으며 명상을 하기 시작했다. 처음에는 다들 그 전의 훈련과 뭐가 다른지 잘 구분하지 못했지만, 차차 시간이 지나면서 몸속에 갈무리되는 마나가 전보다 빠르게 쌓이는 것은 물론, 순도도 더 높다는 사실을 알아차렸다.

한마디로 만월 기사단에 맞는 제대로 된 훈련 방식을 찾은 것이다.

"저기 저 녀석은 어디 출신이지?"

연무장과의 거리가 있다 보니 란데르트 공작의 시선이 정확히 누구를 향하는지 다소 모호했다. 하지만 헤이즈의 대답은 막힘없이 흘러나왔다.

"칼라 섬 델러바인. 아리아나 출신입니다."

"아리아나의 델러바인? 설마 내가 아는 그 델러바인인가?"

"예, 공작 전하. 델러바인 백작이 애지중지 여기는 막내딸이라고 합니다."

델러바인 백작가는 헥터 공작의 측근임과 동시에 대륙의 서쪽을 지배하는, 상당히 영향력 있는 가문이었다. 그곳의 막내딸이 만월 기사단에 지원을 했다니, 공작은 순간 어이가 없었다.

"델러바인 백작이 알고는 있고?"

"백작은 절대 안 된다고 말렸지만, 일주일을 단식하며 버틴 끝에 허락을 얻어 냈다고 들었습니다."

"이제야 내가 이 사실을 알게 된 이유는 뭐지?"

"만월 기사단의 정식 단원이 되려면 3차 시험을 통과하고 마지막 면접까지 마쳐야 합니다. 그때까지는 모든 지원자에게 공평한 훈련과 대우를 해 주는 것이 원칙 아닙니까?"

"…그건 그렇지."

그래, 잠시 잊고 있었다. 헤이즈가 얼마나 고지식하고 원리 원칙을 따르는 성격인지.

"쿡쿡, 공작 전하께서 한 방 먹으셨습니다."

뒤에서 불쑥 나타난 사다드를 란데르트 공작이 마음에 들지 않는다는 듯 바라보았다.

"자네는 알고 있었겠지?"

"그럼요. 공작 전하의 수행 비서인 제가 이 같은 중한 사실을 모른다는 건 말이 안 되죠."

"그걸 미리 전하지 않은 건 말이 되고?"

"그거야 저도 헤이즈와 같은 생각이니까요. 칼라 양의 소질이 워낙에 남달라서 말입니다. 공작 전하께서도 그래서 물어보신 것 아닙니까?"

"……."

란데르트 공작은 다시 말문이 막혔다. 두 수하의 말 중 어느 하나 틀린 것이 없었기 때문이다. 게다가 원래 공작 또한 원칙을 고수하는 편이었다.

이번 같은 경우를 제외하고는 말이다.

델러바인 백작이 애지중지 여기는 막내딸이 만월 기사단이 된다.

'흠음.'

천하의 란데르트 공작도 꺼림칙한 기분이 드는 건 어쩔 수가 없다.

"원래 내일 아침에 보고드리려고 했는데, 공작 전하의 편한 잠자리를 위해 지금 말씀드려야겠네요."

"뭔데 그러나?"

"아무래도 헥터 공작이 팽 당한 것 같습니다."

"…팽을 당해?"

"네, 의장직에서 물러나며 안 그래도 좁아진 입지가 아들 덕분에 아예 설 자리를 잃은 듯합니다. 헥터 공작을 밥 먹듯이 찾던 발길이 뚝 끊어지고, 그 발길이 이제는 보이텍 후작을 향하고 있습니다."

보이텍 후작의 딸인 카트린느 영애가 황제의 아이를 가졌으니 귀족들이야 밉보여서 좋을 게 없다. 명성이 바닥으로 추락한 헥터 공작보다 황자를 낳을지도 모르는 보이텍 후작가 쪽에 붙는 것이 여러모로 나은 판단이라고 생각한 모양이었다.

"헥터 공작을 형님처럼 따르던 보이텍 후작도 헥터가를 찾지 않는 것을 보면, 이참에 본인이 일인자가 되기로 작정한 것 같습니다."

"성급한 결정이군."

헥터 공작이 지금이야 손가락질받는 처지가 되었지만, 오랜 기간 제국의 유일한 공작가로 군림해 온 전력이 있었다. 수백 년간 쌓아 온 그 공든 탑이 하루아침에 무너질 리는 없었다.

"분명 헥터 공작은 도약할 만한 발판을 마련하겠지."

그것이 무엇인지 사전에 찾아내어 차단하는 것이야말로 란데르트 공작이 해야 할 일이기도 했다.

"그러니 잘 감시하도록 하게."

"여부가 있겠습니까. 헥터 공작은 물론, 보이텍 후작과 그 무리 주변까지 싹 다 깔아 놨습니다. 염려 마십시오. 제가 그런 건 또 전문이지 않습니까?"

"까불다 큰코다치는 법일세."

"아, 참! 조금 이상한 점이 발견되긴 하였는데, 아직 확인이 좀 더 필요합니다."

"이상한 점?"

"네, 카트린느 마마가 임신했다는 건 이제 세상이 다 아는 사실입니다. 불러 오는 배를 감출 수는 없으니까요."

"그게 뭐가 이상하다는 거지? 황궁 신관의 말이 아들일 것이라고 하지 않았나?"

"바로 그 점이 수상합니다."

"……?"

"그토록 바라던 황자의 탄생이 예정되어 있거늘, 왜 그렇게 쉬쉬하는 걸까요?"

"쉬쉬해……?"

"네! 카트린느 마마의 성격이면 이리저리 쏘다니며 자랑을 일삼아도 부족할 판인데, 오히려 측근 시녀들의 입단

속을 시키는 것도 그렇고…… 뭔가 엄청 구린 냄새가 납니다."

아직 확실한 건 아무것도 없지만, 사다드의 촉에 이상 신호가 자꾸만 잡혔다.

"첫 아이이니 조심하고 싶어서 그럴 수도 있지 않겠나?"

"물론 그럴 수도 있긴 합니다만, 제 느낌은 다른 게 있다고 하네요. 해서 그게 뭔지 찾아내는 중입니다."

"상대는 폐하께서 아끼는 후궁이네. 폐하의 자식을 품고 있기까지 하고. 경거망동해서는 안 된다는 뜻이야."

"걱정 붙들어 매십시오. 들키지 않고 잘 수행하겠습니다."

행여나 폐하의 노기라도 사면 큰일이었다. 사다드야 뭐든 꼼꼼히 잘 해내겠지만, 란데르트 공작은 당부하고 또 당부했다.

"그보다 자레드는 어찌 지내고 있지?"

헥터 공작 측 얘기를 하다 보니 자연스레 수용소에 끌려간 자레드가 궁금해졌다.

"잘 버티고 있다던가?"

"말도 마십시오. 입소 첫날부터 내보내 달라고 난리를 치는 바람에 독방에 갇혔다고 합니다. 적응하려면 아마 제법 시간이 필요하지 않을까 생각합니다."

"거기 역시 잘 살피라 명하게."

참지 못하고 자결이라도 하면 곤란했다. 자레드는 만약의 경우 헥터 공작을 움직일 키가 될 수도 있었다.

"그곳을 살피는 녀석들에게도 다시 한번 똑바로 지시하겠습니다."

"그러고 보니 리암에게서 요즘 연락이 뜸한 듯한데, 내가 예민한 것인가?"

"음, 아무래도 거리가 있다 보니 그런 게 아니겠습니까? 리암 님의 소식도 곧 도착할 때가 되긴 하였습니다."

리암은 얼마 전 드와이어트 제국의 총독으로 정식 부임하였다. 황제는 물론 많은 대신들이 란데르트 공작의 부임을 바랐지만, 정작 당사자인 공작은 동생인 리암을 추천했다.

소소한 국지전은 이미 그곳에 거주하고 있는 병사들만으로 충분했다. 중요한 건 행정과 관련된 일들이었는데, 그런 업무는 공작보다 리암이 처리하는 편이 적합하다는 판단에서였다.

전쟁으로 인해 해밀턴을 오래 떠나 있었기도 해서, 더는 밖에서 지내고 싶지 않은 마음 역시 있었다.

"혹시 모르니 리암 주변에 호위를 잘 배치하도록 하게."

자신을 대신해서 먼 타지로 간 동생이었다. 만일 사고라도 난다면 그 죄책감은 이루 말할 수 없으리라.

"조치하도록 하겠습니다."

"밤인데도 바람이 별로 차갑지가 않군."

여름이 가까워졌다는 증거였다. 그리고 그건 바율이 황제의 명을 받고 정령사로서 일해야 할 때가 오고 있다는 뜻이기도 했다.

"베르가라를 찾는 이들이 엄청나게 많아졌다지?"

"재해가 곳곳에서 일어나고 있으니까요."

"어디를 먼저 가라 명하실지……."

정령을 다루는 특무대신으로서 바율의 첫 행보가 곧 시작될 예정이었다. 제국뿐 아니라 대륙의 모든 시선이 쏠릴 것이다. 바율이 잘 해결하리라 믿어 의심치 않지만, 공작은 아비로서 걱정하지 않을 수 없었다.

"어쩌면 타국을 먼저 가게 될 수도 있을 듯합니다."

"…타국?"

"네, 공작 전하."

사다드의 예측에 란데르트 공작의 미간이 좁아졌다. 그두 그럴 것이, 자국의 문제두 감당이 안 되는 마당에 타국의 재해부터 해결한다는 발상이 공작으로선 납득이 가지 않았기 때문이다.

"여러 국가에서 도움을 요청하고 있음을 공작 전하께서도 아실 겁니다."

"그런데?"

"황궁의 소식통에 의하면 가국에서 거부할 수 없는 제안을 한 모양입니다."

"거부할 수 없는 제안?"

"네. 그게 뭔지는 아직 모르겠지만, 폐하께서 꽤 흔들리시는 듯한 눈치입니다."

"나뿐 아니라 제국민 모두가 이해할 만한 상황이어야 할 것이네. 괜한 구설수에 올라서는 안 되지 않겠나?"

이제 막 첫발을 내딛는 바율이다. 칭송은 못 받을지언정 비난을 받게 할 수는 없었다. 만일 황궁에서 잘못된 지시를 내린다면 공작이 직접 가서라도 그 결정을 돌려놓을 작정이었다.

"맥이라고 했던가?"

"바율 도련님의 보좌관 말씀이십니까?"

"그래, 맥 필리온 말일세. 베노이스트 태생에 엘리건스 아카데미 19기생. 그자가 임용 고시에서 만점 받고 수석을 했다지?"

바율의 보좌관으로 임명이 된 것을 알자마자 조사를 통해 알게 된 사실이었다.

"예. 여태 만점으로 통과한 전례가 없었기에 폐하의 눈에 띄었던 것 같습니다."

"지금까지는 헥터 공작과 별다른 연계가 보이지 않으나, 그 역시 주의하게. 아직 마음을 놓기에는 일러."

"이미 도련님을 호위하는 단원들에게 특별히 말해 놓았으니 너무 심려치 마십시오. 더욱이 곁에 이언 선배와 데스가 있는데 무슨 일이 있겠습니까?"

이언도 이언이지만, 무려 마신과 함께였다. 그와 있는 한 더는 지난번과 같은 일이 없을 거라고 사다드는 장담했다.

"공작 전하! 캐링스턴에서 서찰이 도착하였습니다."

그때 수하 하나가 달려와 다급하게 편지를 전달했다.

"내일 아침에 봐도 될 텐데, 굳이 이 시간에 무슨 일이지?"

사다드가 의아해하며 편지를 뜯었고, 곧 그의 얼굴에 놀라움과 난감함이 교차하며 지나갔다.

"왜 그러나?"

"…그게, 이언 선배에게서 온 서찰입니다."

"내가 지금 그걸 몰라서 묻는 건가?"

"작은 문제가 하나 터진 듯합니다. 바율 도련님께서……성현이 되셨다고 합니다."

"바율이 뭐가 돼?"

"직접 읽어 보시는 게 빠를 것 같습니다."

사다드가 란데르트 공작에게 서신을 넘긴 후 몇 걸음 뒤로 물러섰다. 주군께서 어떤 반응을 보이실지 그로서는 짐작조차 가지 않았다.

란데르트 공작은 서찰에서 한동안 시선을 떼지 못했다. 바율이 절망의 신과의 친화력이 높다는 것은 그도 알고 있던 사실이었다. 데스와 함께 지내니 그건 당연한 결과이기도 했다.

마신과의 친화력이 몸을 보호해 준다기에 별문제 없을 거라 막연히 생각했는데, 지금에 와 보니 대단한 착오였음을 깨달았다.

인간인 바율이 자레드에게 직접 절망을 심었다니, 이게 어디 가당키나 한 일인가?

바율은 지금도 충분히 온 세상의 관심을 받고 있었다. 거기에 뭐 하나를 더 보탠다고 해서 상황이 크게 달라지지는 않겠지만, 그게 마신의 힘과 관련되었다면 얘기가 달랐다.

종교계까지 바율에게 주의를 기울인다면 복잡한 일에 더 많이 얽힐 수도 있었다. 재해가 잇따르는 지금과 같은 시대에, 종교가 가진 권력과 위세는 가히 엄청났다.

공작은 아들인 바율이 또다시 커다란 도마 위에 오르는 것을 원치 않았다.

'데스……!'

리타에게는 치료 능력까지 생겼다고 하고, 이 사태를 어찌 수습해야 할지 란데르트 공작의 이마에 절로 핏줄이 돋았다.

"공작 전하, 괜찮으십니까? 대체 무슨 일이기에……."

묵묵히 곁을 지키던 헤이즈가 그런 공작을 걱정스러운 듯 쳐다보았다.

설명할 기운도 없었다. 란데르트 공작은 직접 읽어 보라며 이언의 서신을 건넸다.

잠시 후, 글을 다 읽은 헤이즈가 눈을 부릅뜬 채 말을 잇지 못했다.

"바율 도련님께 어찌 이런……?"

그녀가 데스의 정체에 대해 알게 된 건 바율이 황도에 비를 내린 공으로 관직과 작위를 하사받은 후였다. 공작이 만일을 대비해서 최측근에게만 진실을 털어놓은 것이다.

헤이즈는 사실을 알게 된 당시에 받았던 충격과 놀라움이 다시금 되살아났다. 이게 좋은 일인지, 나쁜 일인지 도통 분간이 가지 않았다.

"그래도 바율 도련님께서 얼추 해결은 하신 모양입니다. 본 사람들이 많아서 말이 좀 새어 나가긴 하겠지만, 데스와 바로 연관 짓지는 못할 겁니다."

"당장은 그렇겠지."

사다드의 말은 전혀 위로가 되지 못했다.

"지금이라도 마족을 떼어 내야 하는 것 아닙니까?"

"무슨 수로?"

"그거야……."

헤이즈가 답을 못하고 머뭇거리자 사다드가 말했다.

"상대는 마계 서열 9위의 마신이다. 인간인 우리가 어떻게 할 수 있는 존재가 아니야."

"그렇다고 계속 이대로 두어도 괜찮겠습니까? 신탁을 두 번이나 잘못 내리는 바람에 바율 도련님께서 곤란해지시지 않았습니까? 명을 내리신다면 제가 직접 캐링스턴으로 가서 공작 전하의 뜻을 전달하겠습니다."

란데르트 공작을 향한 헤이즈의 충성심은 익히 잘 알고 있었다만, 이건 데스를 몰라도 너무 몰라서 할 수 있는 소리였다.

"헤이즈, 네 마음은 알겠는데 네가 간다고 해서 뭐가 달라지겠냐? 데스가 가란다고 가겠어?"

"하지만 선배……."

"리타의 음식 맛에 빠져서 수하까지 데려와 요리를 배우게 하는 판국에, 떠나라는 그 말을 듣겠냐고."

데스와 그의 형제들의 먹성은 사다드가 이제껏 살면서 보았던 자 중 단연코 최강이었다.

"지난번 황태자 암살 사건으로 캐링스턴에 갔을 때 데스가 신전에서 리타에게 애걸복걸하는 거, 너도 봤지? 리타가 잔뜩 화가 나서 전부 해고한다니까 사과하면서 난리가 났잖아. 마족들이 리타 하나를 어쩌지 못해서 손이 발이 되도록 빌던 장면이 난 아직도 잊히지가 않는다. 아마 평생 못 잊을…… 거다……."

"…선배?"

열변을 토하던 사다드가 갑자기 말끝을 흐리자 헤이즈가 고개를 갸웃했다.

"공작 전하, 리타입니다!"

그때 별안간 사다드가 소리쳤다.

"리타가 해결책입니다!"

"선배, 그게 무슨 뜻이에요?"

"알아듣게 말하게."

뚱딴지처럼 난데없이 무슨 소리인지 공작은 물론 헤이즈도 이해가 가지 않았다.

"세상 누구의 말도 듣지 않는 마신이지만, 그를 제어할 수 있는 존재가 있습니다. 오직 한 사람! 데스와 그의 형제들에게 일용할 양식을 제공하는 사람!"

"……!"

"이제 좀 감이 오십니까?"

"선배, 설마…… 리타 양에게 데스를 쫓아내라고 하실 겁니까?"

란데르트 공작에 이어 헤이즈도 사다드의 생각이 무엇인지 대충 알 것 같았다.

"아무리 리타라도 쫓아낸다고 해서 쉽게 갈 인물이 아니지."

사다드의 말에 동의한다는 듯 공작의 고개가 끄덕여졌다.

"그래도 이참에 겁을 좀 주어야 할 필요성은 있습니다. 더 큰 사고를 방지하는 차원에서 말입니다."

"여기서 더 시끄럽게 만들지 않으려면 제재가 있어야 한다는 말씀이군요."

"그렇지. 괜히 신탁이니 뭐니 해서 일을 키운 셈이잖아. 그러니 오히려 조용히 있어 주는 게 도움이 된다는 걸 알려 줘야지. 그래야 우리 공작 전하께서 편히 주무실 수 있을 것 같거든."

어떻습니까?

기발한 방법 아닙니까?

란데르트 공작을 향해 사다드가 두어 번 눈을 크게 깜박였다. 주로 생색을 내고 싶을 때 보이는 그만의 표현 방식이었다.

"그래서, 리타에게는 뭐라고 할 텐가? 녀석은 데스가 마족인 걸 전혀 모르는데."

"알면 큰일 나죠! 열일곱 살 어린 소녀가 감당하기에는 너무 엄청난 진실 아닙니까?"

"그러면 어쩌시려는 건데요?"

"내가 아는 리타는 딱 두 가지에 격한 반응을 해."

"두 가지요?"

"바율 도련님과 재스퍼. 리타가 가장 소중하게 여기는 것이지."

그건 사다드 말고도 해밀턴 성내 식구라면 모두가 아는 사실이었다. 란데르트 공작이 계속해 보라는 듯 턱짓했다.

"도련님 핑계를 대는 겁니다. 있는 사실에 거짓말을 약간만 보태서 말이죠."

"예를 들면?"

"으음, 데스가 신전 기둥에 흠집을 내는 바람에 바율 도련님께서 대신 신전에 불려 가 혼이 나셨다. 뭐, 이런 식으로 말을 흘리면 되지 않겠습니까?"

"아, 그러면 리타 양이 화가 나긴 하겠네요."

"그 성격에 절대 가만히 안 있을걸? 바율 도련님에 관해서라면 타협이 없는 리타니까. 도련님을 힘들게 했다면서 종일 굶길지도 모른다고."

데스에게 굶는다는 건 이 세계에 종말이 오는 것과도 같은, 어쩌면 그 이상의 위협이었다. 고로 이번 경고가 제대로 먹힐 확률은 거의 백 퍼센트였다.

"이언에게 답장을 서둘러야겠군."

"내일 날이 밝는 대로 부치겠습니다."

사다드의 제안대로 명을 내리긴 했으나 이런 건 란데르트 공작의 방식이 아니었다.

하지만 이번만큼은 방법이 없다. 마신을 움직이는 것은 공작도, 바율도, 그 누구도 아닌 리타만이 할 수 있는 일이었다.

2.

캐링스턴 저택에 해밀턴에서의 답신이 도착한 것은 토요일 오전이나 되어서였다. 1학기 기말고사를 끝낸 바율이 귀가했을 땐 이미 저택이 발칵 뒤집히고 난 후였다.

"맥 보좌관님, 무슨 일입니까?"

평소와 달리 리타가 마중을 나오지 않은 것부터가 이상했다. 한데 그뿐 아니라 저택에 들어서자 스산한 기운이 느껴지는 게, 심상치가 않았다.

"그게, 아무래도 란데르트 백작님 때문인 듯싶습니다."

"…제 탓이라고요?"

이제 막 도착한 자신이 뭘 했다고 이러는지 바율로서는 어리둥절할 뿐이었다.

"이언 경에게 들었습니다. 데스 경의 잘못으로 곤란을 겪으셨다고요."

"누가요? 제가요?"

"네, 절망의 신전과 관련해서 말입니다. 그래서 리타 양이 화가 아주 많이 났습니다."

"아…… 그거라면 이미 다 해결이 됐는데요."

바율이 성현이 되었다는 건 이언만이 아는 사실이었다. 설마 그걸 맥 보좌관에게 말했을 리는 없을 것이다. 겨우 잠재운 소동을 일부러 키웠을 가능성은 전무했다.

"이언 경이 정확히 뭐라고 말씀하시던가요? 아니, 제가 직접 이언 경에게 물어보겠습니다. 다들 지금 어디에 있습니까?"

"위층에 있습니다. 저와 다른 호위 기사분들은 잠시 비켜 달라고 하셨습니다."

"그랬군요. 그럼 저는 얼른 올라가 보겠습니다."

정황으로 보아 화가 난 리타가 데스를 잡고 있는 게 틀림없었다. 서둘러 가서 말리지 않으면 무슨 사달이 날지 몰랐다.

"바율, 여기야! 여기!"

신이 난 템페스타가 한 방문을 가리키며 킥킥거렸다. 데스에게 불행이 닥치면 일라이 다음으로 좋아할 녀석이 바로 템페스타일 것이다. 녀석이 웃고 있는 걸 보니 문 너머가 어떨지 충분히 짐작이 갔다.

아니나 다를까.

문을 열자마자 리타의 고성이 바율의 고막을 때렸다. 밖에까지는 아무것도 들리지 않았던 걸 보면 데스든 누구든 소리를 차단한 게 분명했다.

"거기가 어떤 신전인지 아세요? 기도발이 짧은 게 흠이지만, 제 소원을 두 번이나 들어준 곳이라고요! 그렇게 훌륭하신 분이 계신 델 엉망으로 만들면 어떡해요! 우리 도련님 체면은 생각지도 않으세요? 호위 기사라는 분이 어쩜 그럴 수가 있어요?"

"엉망으로 만들기는 누가 그랬다고 그래? 그냥 약간 겁을 좀 줬을 뿐이라고! 내 신전을 내가 왜 망가뜨리겠어?"

"어머머! 내 신전이라니요? 신전은 모두의 것이지, 데스 씨 소유물이 아니거든요! 설마 신전 물건을 파손한 게 데스 씨 거라고 생각해서 그랬던 거예요? 그렇다면 정말 소름 끼치네요!"

리타가 양손으로 팔뚝을 비비며 부르르 몸을 떠는 시늉

까지 했다.

"와, 나 진짜 아무 잘못도 안 했다니까! 전부 다 오해라고!"

데스는 예상대로 온몸으로 억울함을 호소 중이었고, 그의 동생들은 행여 불똥이라도 튀길까 무서운 듯 구석에 얌전히 자리하고 있었다.

"리타!"

바율은 일단 리타부터 진정시키기 위해 그녀에게로 다가갔다.

"도련님!"

그제야 바율이 왔다는 것을 인지한 리타가 화들짝 놀라며 인사했다.

"데스 잘못 아니니까 그만해. 이미 지나간 일을 가지고 뭐 하러 힘을 빼고 있어."

"데스 씨 때문에 도련님께서 신전에 불려 가셨다면서요! 시험 준비로 안 그래도 바쁘셨을 텐데, 어디 이게 말이 되나요? 도움은 주지 못할망정!"

"아니야, 데스는 도와주려고 했던 거야. 근데 그게 잘 안 된 것뿐이지."

"어쨌든요! 신전 장식물을 망가뜨려서 손해 배상 청구 처리도 해야 한다면서요!"

"손해 배상 청구?"

바율은 금시초문이었기에 이언을 바라보았다. 근데 무슨 일일까. 이언이 답은 않고 슬쩍 눈길을 피한다. 뭔가 있는 게 분명했다.

"아무튼, 그래서 저 결론 내렸어요!"

"무, 무슨 결론?"

갑자기 데스가 말을 더듬었다. 예감이 좋지 않은지 얼굴에 긴장한 기색이 역력했다.

"이번 주말 동안 국물도 없을 줄 알아요!"

"국물도 없다니? 그게 무슨 뜻이야?"

"내일까지 데스 씨에겐 빵하고 물만 줄 거란 뜻입니다. 마음 같아선 굶겨 버리고 싶지만, 도련님께서 허락하지 않으실 테니까요! 거기 동생분들! 형님에게 다른 먹을 것 줬다가는, 알죠?"

리타의 무시무시한 눈빛에 마족 셋이 동시에 고개를 끄덕였다. 지금은 데스보다도 리타에게 충성할 때라는 걸 그들은 그간의 경험을 통해 매우 잘 알고 있었다.

"그럼 전 도련님 식사 차리러 얼른 내려갈게요. 간단하게 씻고 오세요! 흥!"

마지막으로 데스에게 콧바람을 뿜으며 리타가 총총 아래층으로 내려갔다.

"이런 게 어디 있어! 난 내 신전에 아무 짓도 안 했다니까!"

데스의 절규가 저택을 무너뜨릴 것처럼 울렸지만, 진작 음파를 차단한 덕분에 리타는 아무것도 들을 수가 없었다.

그리고 데스는 정말로 주말 동안 빵과 물만 먹어야 했다. 인간계로 내려온 이래 가장 처절했던 최악의 순간이 아닐 수 없었다.

그래도 어찌 되었든 데스가 얌전해지긴 했으니 사다드의 예상은 적중한 셈이었다. 일단은 말이다.

Chapter 6.
사칭의 최후

1.

파란만장했던 주말이 지나가고 드디어 월요일이 왔다. 바율은 아침 식사를 하는 둥 마는 둥 마치고 거의 도망치듯 저택을 빠져나왔다. 데스의 언짢은 심기가 어찌나 사람을 불편하게 하는지, 숨 쉬는 것마저 눈치가 보일 정도였다.

오늘은 아카데미의 연중행사 중 하나인 연날리기 대회가 개최되는 날이었다. 그리고 며칠 후면 여름 방학이 시작된다.

바율은 아버지를 뵐 겸 잠시 해밀턴에 들렀다가 그곳에서 황제의 명을 받고 어디론가 떠날 예정이었다. 특무대신으로서의 첫 행보가 그를 기다리고 있었다.

"바율!"

"에이단! 라이!"

바율이 마차에서 내리자 에이단과 일라이가 손을 흔들며 반갑게 맞았다. 주말 동안 마음고생을 한 탓인지 평소보다 친구들이 유독 더 반가웠다.

"오늘 템페스타 기분은 어떠냐?"

작년에는 템페스타가 연날리기 대회에서 깽판을 치는 바람에 바율이 어부지리로 우승을 했었다. 캐링스턴 아카데미 사상 1학년이 우승을 한 경우는 그때가 처음이었다.

에이단과 일라이는 전년과 다름없이 상금을 노리고 대회에 참가한다고 했다. 바율은 정령사인 게 이제 다 알려졌기 때문에 자의 반 타의 반으로 불참을 택했다.

"아주 신났어."

"신이 났다고?"

"응, 주말에 기분 좋은 일이 있었거든."

데스를 놀리는 데에 한껏 흥이 오른 녀석을 진정시키느라 더 힘들었던 바율이다.

"무슨 좋은 일인데? 우리도 같이 좀 알자."

"그냥 그럴 일이 좀 있었어."

일라이가 들으면 템페스타만큼이나 좋아할 게 뻔했다. 왠지 그러면 데스에게 더 미안해질 것 같아서 바율은 말을 아꼈다.

"어, 저기 퀸이다!"

때마침 호화스러운 퀸의 마차가 도착했다. 마차에 함께 타고 있던 그의 호위대가 잠시 내려 바율을 향해 정중하게 인사했다. 처음엔 그런 그들의 태도가 어색했지만, 마주칠 때마다 그러다 보니 이제는 바율도 가벼운 인사로 넘어가고는 했다.

"퀸, 넌 이번에도 참가 안 하는 거냐?"

빈손으로 온 퀸을 일라이가 못마땅하다는 듯 쳐다보았다.

"난 그딴 거에는 관심 없다고 이미 말했을 텐데."

"그래, 너는 인어국의 왕자라 돈 많다 이거지?"

"돈은 네가 나보다 많지 않던가?"

퀸은 인어국의 왕자이지만, 일라이는 드래곤이었다. 심지어 레어에 가면 금은보화가 쌓여 있다고 본인 입으로 말하지 않았던가.

"야, 내가 그랬지. 알바를 해야지만 먹고 살 수 있는 가난한 형편이지만, 실력과 외모는 누구보다도 뛰어난 모범생. 그게 내 설정이라고. 내 진짜 신분은 기억에서 지우라니까!"

"지우긴 뭘 지워! 라이, 너 그놈의 설정 소리 내가 하지 말라고 했지?"

일라이는 퀸에게 한 말이었는데, 버럭 댄 건 에이단이었다. 녀석은 잊고 있던 배신감이 다시 스멀스멀 기어올라 왔는지 턱을 치켜들며 한 소리 했다.

"에이단, 라이. 아침부터 왜 그래. 연날리기 대회에 집중하려면 이럴 시간 없잖아. 오가는 사람도 많은데 그만해."

언성이 더 높아지기 전에 바율이 둘 사이로 끼어들며 말렸다. 퀸은 그런 친구들을 보며 한심하다는 듯 고개를 저을 뿐이었다.

"다들 여기 있었네?"

그때 로건이 연을 들고 나타났다. 작년과 비슷한 매의 모양을 한 연이었다.

"로건, 이제 오는 거야? 연은 잘 다듬었어?"

"응, 집에 가져가서 보완을 좀 했지."

"아교를 잔뜩 발라 오셨구먼!"

로건의 얼레에 감긴 연줄에서 빛이 났다. 금번 대회에서는 기필코 입상을 하겠다는 의지가 담겨 있었다. 기실 녀석은 주말에 라피트와 함께 연을 만들고 연습까지 했지만, 거기까진 말하지 않았다.

"근데 라피트는? 같이 온 거 아니었어?"

"조금 전만 해도 옆에 있었는데…… 어디 갔지?"

친구들에게 인사도 없이 사라진 동생을 찾으려고 로건이 인상을 찌푸리며 주위를 두리번거렸다.

"로건!"

별안간 웬 남학생이 화를 내며 다가온 것은 그때였다.

"고랭? 무슨 일이야?"

고랭은 로건과 같은 기사학부생이자 블랙팔콘 기숙사생이었다. 다짜고짜 불쾌감을 드러내는 녀석을 로건은 물론, 바율과 친구들도 의아하게 바라보았다.

"나한테 빌려 간 100쿠나 대체 언제 갚을 건데? 갚는다는 날짜가 벌써 열흘이나 지났잖아. 내가 얼마나 더 기다려 줘야 하냐?"

"…100쿠나라니? 내가 그 돈을 네게 빌렸다고?"

로건이 황당하다는 표정을 짓자 고랭은 기가 막힌다는 듯 입을 쩍 벌렸다.

"헐! 설마 이제 와서 모른 척하는 거냐? 난 널 믿고 기꺼이 빌려준 건데, 대박이다! 로건 너 원래 이런 애였어?"

"고랭, 네가 뭔가 착각한 거 아니야? 난 정말 너한테 돈을 빌린 적이 없거든? 내가 그럴 이유가 없는데, 왜 그랬겠어?"

"맞아, 이 자식 돈 많은데."

에이단의 말에 바율과 친구들은 동시에 고개를 끄덕였

다. 세이모어 백작가는 검술뿐 아니라 거대한 금광을 소유한 것으로도 유명한 가문이었다. 그런 가문의 장자가 고작 100쿠나를 빌리고 떼먹는다는 건 앞뒤가 맞지 않는다.

"그러니까 내가 믿었지! 네가 돈 빌려 가면서 그때 뭐라고 했는지도 기억 안 나?"

"⋯⋯?"

"용돈이 며칠 뒤면 들어오는데, 당장 급하게 사야 할 물건이 있다면서 잠시만 융통해 달라며! 고작 100쿠나가 없어서 빌려 달라는 게 조금 이상하긴 했지만, 그래도 난 널 믿었거든? 근데 정말 실망이다!"

딴에는 친구라고 생각해서 날짜가 지났어도 닦달하지 않고 기다려 줬는데, 이런 식으로 나 몰라라 할 줄은 몰랐다.

"잠깐! 용돈이라고?"

갑자기 로건의 표정이 심각해졌다. 뭔가를 생각하는 듯 잔뜩 미간을 모은 채 골몰하던 그가 이내 입을 열었다.

"라피트야."

"⋯라피트?"

"그래, 녀석이 또 나를 사칭하고 돈을 빌린 게 분명해."

"로건, 설마 라피트가 그렇게까지⋯⋯."

"용돈이 끊겼거든."

"용돈이 끊겨? 왜?"

"그야, 녀석이 내 이름을 팔고 다녔으니까. 아버지께 호되게 꾸중을 들었는데도 아직까지 정신을 못 차렸군."

로건이 걸리면 가만두지 않겠다는 듯 빠드득 이를 갈았다.

"고랭, 미안하다. 우선 돈부터 갚을게."

로건이 당장 지갑에서 돈을 꺼내 고랭에게 건넸다. 있는 대로 소리치며 화를 냈던 고랭은 얼떨떨한 얼굴로 그 돈을 받았다.

"사과는 이따가 정식으로 다시 할게. 지금은 라피트 녀석을 잡으러 가야 할 것 같거든."

"어어, 그래. 알았어."

뭐가 뭔지는 모르겠다만, 자신이 돈을 빌려준 게 로건이 아니라 라피트라는 건 알겠다. 고랭 역시 라피트가 로건과 쌍둥이처럼 닮았다는 건 알고 있었지만, 이런 사기극(?)에 휘말릴 줄은 몰랐다.

"라피트가 또 거하게 사고를 치셨네!"

"이번엔 걸리면 최소한 사망이다."

로건의 황금색 눈동자가 활활 타오르고 있었다. 단언하건대 바율과 친구들은 로건이 이토록 분노하는 모습을 본 적이 없었다.

"바율, 템페스타에게 부탁 좀 해도 될까?"

로건이 겨우 인내심을 발휘하며 청했다. 라피트를 생각하면 거절해야 했지만, 바율은 도저히 그럴 수가 없었다.

"으응……."

결국 바율이 망설이다가 템페스타를 불렀다.

"템페스타, 라피트가 어디 있는지 좀 찾아봐 주겠어?"

마음속으로는 녀석이 라피트를 찾지 못하길 바랐지만, 그건 바람의 정령인 템페스타의 역량을 무시하는 처사였다. 아카데미 내에만 있다면 누구든 금세 찾아낼 수 있는 능력자가 바로 녀석이었다.

"로건 녀석, 이런 상황에서 이성적이기까지 하네. 이쯤이면 우리, 라피트를 걱정해야 하는 거 아니냐?"

"내가 하고 싶은 말이다. 템페스타를 동원할 생각을 하다니, 라피트 불쌍해서 어떡하냐……."

바율에겐 한없이 자상하고 따뜻하게 굴면서, 어째 친동생인 라피트는 그리 모질게 잡아 대는지. 가끔 보면 이중인격자 같기도 했다.

"찾았다! 멀리 가지도 못했는데?"

"앞장서! 따라갈게!"

템페스타가 금방 돌아와 보고하자, 로건이 연을 든 채 달렸다. 바율과 친구들도 황급히 그 뒤를 따라 뛰었다.

"라피트!"

녀석은 본관을 막 지나 기숙사로 향하고 있었다. 갑작스레 들리는 형의 음성에 무심코 돌아보던 라피트가 움찔하더니 도망치기 시작했다. 수상한 기미를 본능적으로 알아차린 것이다.

"저 자식이!"

로건의 속도가 빨라졌다. 조금 전까지의 달리기는 거의 걸음마 수준이었다. 순식간에 라피트에게 다다른 로건이 동생의 뒷덜미를 번개처럼 낚아챘다.

"으아아악!"

라피트가 비명을 지르며 바닥에 나동그라졌다.

"혀, 형······!"

한껏 겁먹은 모습이 보기가 딱할 정도다.

"너, 조금 전에 고랭 때문에 사라졌던 거였지?"

"무, 무슨 소리야, 그게?"

이미 걸린 걸 알면서도 라피트는 자기도 모르게 시치미를 뗐다. 목구멍으로 침이 꼴깍 넘어가는 게, 긴장으로 숨이 막힌 듯 보였다.

"100쿠나는 왜 빌렸어? 네가 그 돈이 왜 필요한데?"

"······."

"이 자식이, 말 안 해? 몇 대 맞아야 그 입 열 거야?"

로건이 팔을 휘두르자 라피트가 피하며 소리쳤다.

"우 씨! 꽃 좀 산다고 그랬다! 됐냐?"

"…뭐? 꽃?"

"그래! 라나사 선배한테 주려고 샀다고! 그게 뭐 잘못됐어?"

"라나사한테 꽃을 줘?"

"아직 포기 안 했나 보네?"

근성만큼은 인정한다는 듯 에이단과 일라이가 조용히 손뼉을 쳤다.

"형이 아버지에게 꼰지르는 바람에 용돈이 세 달이나 끊겼잖아! 난들 별수 있어? 돈을 빌릴 수밖에!"

"이게 뭘 잘했다고 바락바락 변명이야? 그렇다고 날 사칭해? 저번에 또 그랬다가는 진짜 가만 안 둔다고 내가 그랬지?"

"어어, 오해는 금물이다! 이번엔 내가 그러고 싶어서 그런 게 아니야! 그쪽이 먼저 날 형으로 오인하고 말을 걸었다고!"

라피트가 엉금엉금 뒤로 물러나며 손을 휘휘 저었다.

"그걸 지금 말이라고 하는 거냐? 그럼 아니라고 그랬어야지! 100쿠나는 언제, 어떻게 갚을 생각이었는데? 또 누구한테 빌리기라도 할 생각이었어?"

이건 동생이 아니라 원수였다. 로건은 끓어오르는 화를 도저히 주체할 수가 없었다.

"연날리기 대회에서 상금 타서 갚으려고 했어! 내가 그래도 명색이 세이모어가의 차남인데, 남의 돈을 떼먹으려고 했겠어? 가문에 먹칠을 할 수는 없지."

"가문을 생각한다는 녀석이 날 사칭해서 돈을 빌려? 네가 아직 좀 살 만하지? 그치?"

로건이 바닥에 살포시 본인의 연을 내려놓았다. 라피트로서는 영 좋지 않은 징조였다.

"…형? 형아? 우리 말로 하면 안 될까?"

손마디를 우두둑 꺾으며 다가오는 로건을 라피트가 겁에 질린 채 바라보다가 바율에게 도움을 요청했다.

"바율 형! 그러고 있지 말고, 우리 형 좀 어떻게 해 줘!"

"라피트…… 미안……."

하지만 오늘만큼은 바율도 어쩔 수가 없었다. 지금 로건을 말렸다가는 자신에게까지 그 화가 미칠 것 같았기 때문이다.

그리고 이번에는 라피트가 크게 잘못하기도 했다. 다시는 같은 일이 반복되지 않기 위해서라도 혼이 날 필요가 있었다.

"근데 쟤는 왜 자꾸 자기 형을 파는 거냐?"

"그러니까. 금방 들통날 짓을 대체 왜 하는 거지?"

바율은 차마 더 볼 수 없어서 형제로부터 눈길을 돌리며 친구들의 의문에 답했다.

"그게 잘 먹힌대."

여름 방학을 코앞에 두고 그렇게 라피트는 월요일 오전부터 형에게 먼지 나도록 두들겨 맞았다.

2.

한참을 울려 퍼지던 구타 소리가 드디어 멈췄다. 로건이 물러나자 라피트가 곧장 옷에 묻은 흙먼지를 털어 내며 일어섰다.

"라피트, 괜찮아?"

"와, 얘도 맷집 장난 아니다. 보통 이 정도 맞으면 실신하던데, 완전 멀쩡하네? 조금 전까지 비명 지르던 거 다 연기였냐?"

"로건이 얼굴이며 목이며, 피부가 드러나는 곳은 다 피해서 때렸나 본데? 기사학부에서 원래 이런 것도 가르치나?"

"저기요, 거기 두 선배님들! 어릴 때부터 하도 맞고 자라서 저절로 요령을 터득한 거거든요? 왜요, 궁금하면 방법 좀 알려 드려요?"

"얼래? 어째 너 말투가 되게 비딱하다?"

"그러게. 잘못은 자기가 해 놓고 왜 우리한테 성질이래? 웃기는 놈이네."

"에이단, 라이. 그만해."

안 그래도 기분이 좋지 않은 상태인데, 이러니저러니 평가하듯 말하면 누구든 불쾌할 수밖에 없었다. 로건의 응징이 끝난 듯하니 일단은 좋게 마무리를 하는 것이 우선이었다.

"라피트, 신전으로 가자. 치료 좀 받아야지."

"됐어, 바율 형. 치료는 무슨. 친형한테 맞았다고 자랑할 일 있어? 소문나기라도 하면 난 집에 가서 아버지한테 또 죽는다고."

"넌 이미 죽은 목숨이야. 각오하는 게 좋을 거다."

이번만큼은 녀석의 나쁜 버릇을 뿌리째 뽑을 작정이었다.

"아 씨, 형! 이렇게까지 맞아 줬는데 그냥 형 손에서 끝내면 안 돼? 이것도 아버지에게 가서 말할 거야? 저번 것도 말 안 하겠다고 했으면서 구라나 치고! 형 진짜 내 친형 맞냐? 엉?"

"나 네 친형 맞고, 아버지께도 말씀드릴 거야. 넌 이번에 선을 넘었어!"

그들이 친형제라는 건 굳이 따져 물을 필요가 없었다. 이미 여러 번 오해를 만든 생김새가 증명하고 있었다.

"아오, 잘못했다니까? 알아, 나도 안다고! 진짜 다시는 안 그럴게. 내가 오죽했으면 그랬겠어! 방학하면 이제 한동안 라나사 선배도 못 볼 텐데, 뭐라도 해서 날 기억하게는 해야 할 거 아니야. 나도 절박했다니까?"

"그 말 그대로 아버지께 가서 해 봐. 어떻게 될지 나도 궁금하다."

"아 나, 진짜! 아버지한테만은 안 된다니까! 내가 이렇게 빌게. 응? 제바알!"

세이모어 백작님이 정녕 무섭기는 한 모양이었다. 라피트가 두 손을 모은 채 형을 향해 싹싹 빌었다. 친구들은 몰랐지만, 로건에게는 꽤 익숙한 모습이었다.

"짐이나 싸. 바로 본가로 갈 테니까."

"지, 지금 간다고? 아니지? 나 겁주려고 그러는 거지? 아직 방학 시작도 안 했잖아!"

"교수님께는 사정을 설명하면 이해해 주실 거야."

"하지만 로건, 연날리기 대회는 어쩌려고······?"

대회가 끝나면 바로 방학이니 로건의 말처럼 교수님께

말씀드리면 큰 문제는 없겠다만, 이제 와서 연날리기 대회를 포기한다는 건 너무 아까웠다.

"하는 수 없지, 뭐. 지금 이 기분으로 대회에 참가하는 것도 내키지 않고."

"그래도 그렇게 열심히 준비했는데 아쉽지 않겠어?"

선배들에게 설욕전을 펼치기 위해 아교까지 바르며 단단히 준비했는데, 사고뭉치 동생을 둔 덕분에 헛수고가 되게 생겼다.

"이 녀석, 입만 살아 있지, 지금 온몸이 부서질 것처럼 아플 거야. 내 손이 제법 매운 편이거든."

신전에 가서 치료를 받으면 되겠지만, 그러면 이유를 밝혀야만 했다. 그건 절대 안 될 일이었다.

"내가 좀 봐줄까?"

그때 조용히 있던 퀸이 나섰다.

"이 정도면 금방 낫게 할 수 있어."

"오, 그래! 퀸이 있었지!"

잠시 잊고 있었다. 녀석에게 치료 능력이 있다는 걸.

"라피트, 너 운 좋은 줄 알아라. 로건 너도 친구 잘 둔 줄 알고!"

"아니야, 퀸. 괜찮아, 마음만 받을게."

그런데 어째선지 반색하는 친구들과 달리 로건이 치료를

거부했다.

"내가 고통을 가져와서 치료하는 것 때문에 그래? 그거라면 너무 걱정 마. 대양의 눈 덕분에 그 정도가 많이 완화되었으니까."

퀸이 반지가 끼워진 손가락을 흔들어 보이며 씩 웃었다.

"그것도 그거지만, 그보다 이 녀석은 좀 혼나야 해."

"…뭐?"

"몸의 고통을 느끼면서 자신이 뭘 잘못했는지 반성하는 시간을 가져야 한다고."

"야, 로건. 그건 너무 가학적인 거 아니냐? 그래도 네 동생인데."

"동생이니까. 이 망할 자식이 내 동생이니까 그래야만 해."

생각은 짧은 게 늘 행동력은 좋아서 이런 사고를 치기 일쑤였다. 성인이 되기 전까지 싹 고쳐 놓지 못하면 장가는커녕 밥벌이도 못 할 거라는 게 로건과 그의 아버지인 세이모어 백작의 공통적인 생각이었다.

"라피트……."

녀석이 여름 방학 동안 본가에서 어떤 교육을 받게 될지, 바율은 물론이거니와 친구들까지 절로 걱정이 되는 순간이었다.

"아무래도 인사는 여기에서 해야 할 것 같다. 다들 짧은 방학 잘 보내고, 연락하자."

"그래, 뭐 네가 꼭 그렇게 해야 한다면 해야겠지."

"그래도 며칠 전에 말했던 대로, 바율이 가는 곳에 다 같이 가는 건 그대로인 거지?"

아직 어디로 가게 될지 모르지만, 며칠 전 친구들은 바율이 특무대신으로서 임무를 수행하는 동안 함께하기로 결정을 내렸다.

녀석들은 바율이 처음 정령을 본 순간부터 지금의 정령사가 되기까지 쭉 함께해 왔다. 친구들이 같이 가 준다면 바율에게 큰 힘이 될 뿐 아니라, 첫 행보가 갖게 되는 의미 역시 남다를 게 분명했다.

퀸과 일라이는 스스로가 결정권자이기에 문제가 없지만, 로건과 에이단은 어른들의 허락이 필요했다. 그래도 만월 기사단이 호위로 있는 한 위험할 일은 거의 없다고 보아도 무방할 테니 아마 허락을 받는 데에는 별문제가 없을 것이다.

"그럼, 당연하지. 바율의 첫 임무인데 빠질 수 없잖아. 아버지께서도 허락해 주실 거야."

"응, 로건. 해밀턴에 당도하는 대로 편지할게."

"먼저 가게 돼서 미안하다."

갑작스러운 이별에 잠시 당황했지만, 영영 못 보게 되는 것도 아니었다. 바율과 친구들은 아쉬운 듯 걸어가는 로건과 그와 대조적으로 도살장에 끌려가는 것 같이 고개를 푹 숙인 채 멀어지는 라피트의 뒷모습을 한동안 아쉬운 시선으로 바라보았다.

3.

예정대로 연날리기 대회는 바람의 언덕에서 개최되었다. 하지만 오전에 너무 힘을 뺀 탓인지, 에이단과 일라이는 제 실력을 발휘하지 못하고 대회에서 일찌감치 탈락하고 말았다.

"템페스타, 회오리바람 좀 날려 주라!"

화가 난 에이단이 템페스타에게 말도 안 되는 부탁을 했다. 평소 같으면 기다렸다는 양 신나서 난장판을 만들 녀석이었지만, 오늘따라 기이하리만치 얌전하게 굴었다. 주말에 데스에게 스트레스를 마음껏 풀어서 그런 게 아닐까 하고 바율은 짐작했다.

"셋은 여기 캐링스턴에 있을 거지?"

이틀 후, 짧은 종업식을 끝내고 마침내 여름 방학이 찾아왔다. 헤어짐이 아쉬운지 많은 학생들이 교문을 바로 나서지 못하고 친구들과 작별의 시간을 가졌다. 개중엔 당연히 바율과 친구들도 있었다.

"나는 여기가 집이니까 그렇다 치지만, 라이랑 퀸은 어디 안 가냐?"

"레어에 간다고 누가 있는 것도 아닌데, 뭐."

"나도 인어국에 가 봤자 반길 사람 아무도 없다."

"너희 둘, 엄청 외로운 삶을 살고 있구나? 그럼 나랑 같이 우리 집 갈래?"

에이단의 제안에 일라이와 퀸이 동시에 강한 거부감을 나타냈다.

"미쳤냐? 나도 잡혀서 일하라고?"

"난 번잡한 건 딱 질색이야. 오랜만에 쉬면서 책이나 보고 있을래. 바율! 연락해."

"응, 퀸. 폐하께서 곧 명을 주신다고 하셨으니까, 바로 소식 전할게."

"으으, 기대된다! 올여름 방학은 엄청 흥미진진할 것 같아!"

재난을 복구하는 게 그리 쉬운 일이 아니거늘, 에이단은 흡사 어디 모험이라도 떠나는 줄 아는 것 같았다.

친구의 흥을 굳이 깨고 싶지 않아서 입을 다문 바율은 만월 기사단이 호위하는 마차가 도착하자 제일 먼저 귀향길에 올랐다.

"다들 잘 지내!"

그러고도 바율은 뒤를 보며 한참 동안 손을 흔들었다.

"그렇게 아쉬우십니까?"

"엇? 이언 경이 직접 나오셨어요?"

친구들에게 인사하느라 마차에 누가 타고 있는 줄도 몰랐다. 바율이 놀라자 이언이 웃으며 이유를 설명했다.

"맥 보좌관에 관한 보고서가 왔습니다. 해밀턴까지 가는 동안 시간이 없을 듯하여 지금 말씀드리고자 합니다."

"무슨 문제가 있는 겁니까?"

"아직은 없습니다."

"아직이란 건, 생길 수도 있다는 뜻이로군요."

"그의 출신이 출신이다 보니 그렇습니다."

"특이 사항은요?"

"그게, 맥 보좌관이 수석으로 합격했다고 합니다. 그것도 만점으로요."

"만점이요……? 제가 알기로 황실에서 주관하는 국가고시는 굉장히 어렵다고 들었는데요. 그래서 캐링스턴 아카데미 졸업생들도 탈락하는 경우가 종종 있다고요."

"맞습니다. 최초의 만점 합격자라고 합니다. 그래서 폐하의 눈에 띈 것이고요."

귀족이 아닌 자가 황제의 눈에 들기에 가장 좋은 수이긴 했다.

"조사를 계속하고는 있는데, 헥터 공작 측과 별다른 연관성을 찾기는 어려웠습니다. 조금 더 지켜봐야 할 듯싶습니다."

"네, 알겠습니다. 만점이라니…… 맥 보좌관님 머리가 엄청 좋은가 봐요."

바율은 갑자기 조금 부러워지기 시작했다. 이번 시험에서 등수가 조금 오르기는 했지만, 만점을 받기에는 한없이 모자란 점수였다.

일라이도 그렇고, 로건과 에이단, 퀸까지. 어떻게 자신 주변에는 하나같이 수재들만 있는지 바율은 내심 우울해지려고 했다.

"그리고 이건 아직 확실하진 않으나, 알아 두시는 게 좋을 듯하여 말씀드립니다."

"네, 말씀하세요."

"어쩌면 도련님의 첫 발령지가 타국이 될 수도 있겠습니다."

"타국이요? 지금 이런 상황에 말입니까?"

지금도 바율에게 하루가 멀다고 각 지방에서 편지가 쏟아지고 있었다. 제국엔 재난이 끊임없이 일어나는 중이었고, 그래서 개중 가장 급한 곳부터 나름 순위를 정해 보기도 했다.

그런데 타국을 먼저 가라니. 이건 좀 아닌 것 같다는 생각이 들었다.

"가국에서 그럴싸한 제안을 했는데, 그 조건이 꽤 매력적인 모양입니다."

"제국민의 안위보다 더 중요한 게 있을까요?"

"가국은 제국과 많은 교역을 하는 나라입니다. 경제적으로 아주 밀접한 관계를 맺고 있다는 뜻이지요."

"그 제안이 그쪽과 연관이 있다는 말씀입니까?"

"공작 전하가 예상하시는 바는 그렇습니다. 아무래도 국가를 다스리려면 경제도 절대 무시할 수 없는 부분이니까요. 더욱이 오랜 가뭄으로 황가의 재정 상태가 좋지 않은 상황입니다."

"저도 그건 배워서 알고 있습니다."

경제학 시간에 귀에 딱지가 앉도록 들은 말이었다.

"정확한 건 폐하의 명이 떨어져야 알 수 있습니다. 아까도 말씀드렸다시피, 그저 참고하시면 좋을 듯해 말씀드리는 겁니다."

"네, 이언 경. 고맙습니다."

'가국이라…….'

갑자기 생각지도 못한 곳에 가게 될지도 모른다고 하니 머릿속이 복잡해진다.

그나마 가국어를 할 줄 알아서 다행인 건가?

달리는 마차에서 밖을 내다보는 바율의 눈동자에 어느덧 근심이 차올랐다.

Chapter 7.
자랑스러운 아들

1.

　바율이 해밀턴에 도착해서 가장 먼저 마주한 이들은 기차역에 운집한 수많은 사람이었다. 바율이 오늘 온다는 정보를 접한 영지민들이 미리부터 몰려와 있던 것이다.

　그런데 왠지 평소와 분위기가 좀 달랐다. 바율을 향한 그들의 시선 속에는 마치 란데르트 공작을 대하는 듯한 존경심이 어려 있었다.

　공작의 유일한 아들이자 후계자인 바율에게 늘 공손하게 굴던 그들이지만, 이 같은 느낌은 처음이었다.

　그가 지날 때마다 모두가 한 몸이라도 된 듯 절을 하며 감사함을 표했다. 그럴 때마다 바율은 어떻게 반응해야 할지 몰라 당황만 할 뿐이었다.

사실 그런 시민들의 태도에는 나름의 이유가 있었다.

바율이 처음 정령사로서 황도의 가뭄을 해결하고 특무대신이 되어 돌아왔을 때는 그저 열광과 환호로 반기기 바빴다. 한데 흥분이 가라앉자 차츰 더 많은 것들이 보이기 시작했다.

해밀턴의 비를 멈춘 일은 개중 으뜸이었다. 그 덕분에 농가는 어느 때보다 활력을 되찾았다. 비는 필요할 때가 되면 자연스럽게 내리고 그쳐서 홍수는 물론 가뭄도 걱정할 필요가 없었다.

셰임의 지원으로 망가졌던 농토가 비옥해지며 수확물도 늘었다. 덕분에 해밀턴의 시장 경제에 활기를 불어넣는 역할을 톡톡히 하기도 하였다.

이 모든 게 란데르트 공작의 아들인 바율 덕분이었다. 그러니 어찌 영지민들이 가만히 있을 수 있겠는가.

그들은 바율이 한발 내디딜 때마다 감히 행로를 방해할 수 없다는 듯 양옆으로 갈라졌다. 그리곤 그저 감사해하고 또 감사해하며 마음을 표현했다.

그래서일까.

어색해하며 지나치던 바율이 갑자기 걸음을 멈췄다. 문득 그들의 진심이 너무나 와 닿았기 때문이다. 그걸 깨닫자 그 모든 감정을 혼자 오롯이 받아들이고 있다는 게 부끄러워졌다.

바율이 주체가 되긴 했지만, 정작 해밀턴에 비를 거둔 것은 이노센트였고, 나머지 세 정령이 녀석을 도왔다.

이들의 감사 인사는 자신이 아니라 녀석들이 받아야 했다.

"이노센트, 스피넬, 세임, 템페스타. 모두 나와 주겠어?"

바율이 부르자 황궁에서처럼 사대 정령이 공중에 모습을 드러냈다. 모인 이들 전부 정령에 관해 듣기만 했지, 실제로 보는 것은 처음이었다.

물, 불, 땅, 바람.

한눈에 척 보기에도 각자 어떤 속성인지 알 수가 있을 정도로 독특하고 개성적인 외형을 가진 정령들이었다. 그 모습에 해밀턴의 시민들은 잠시 정신을 놓고 멍하니 그들을 올려다보기만 했다.

"여러분들에게 소개하고 싶었습니다."

주변 측근들을 제외하고 일반인들에게 정령을 직접 소개하는 건 이번이 최초였다. 황궁에서도 그들을 소개한다기보단 능력을 보여 주는 쪽에 가까웠으니까.

"이쪽은 물의 정령, 이노센트. 제가 제일 처음 만난 친구이고, 해밀턴의 비를 멈추기 위해 가장 애를 쓴 녀석입니다."

"와아아아! 이노센트 님!"

"너무나 예쁘고 깜찍하십니다!"

어디선가 칭찬 소리가 흘러나오자 이노센트가 특기인 공중제비를 돌더니 치마를 양손으로 부여잡고 예의 바르게 인사했다.

그간 예절이라고는 눈곱만큼도 찾아볼 수 없던 녀석이거늘, 이제 보니 쇼맨십이 상당하다. 녀석의 움직임에 따라 무지개 색 물방울이 허공을 수놓았다. 그 진귀한 장면은 시민들의 혼을 쏙 빼놓기에 충분했다.

"괜히 물 여우가 아니라니까."

템페스타가 투덜거리는 소리가 들렸지만, 다행히 다들 이노센트에게 정신이 팔린 덕에 들은 자는 없어 보였다.

"이분은 땅의 정령인 셰임이라고 합니다. 망가진 농토를 기름지게 만들어 주신 분이죠."

"셰임 님, 감사합니다! 덕분에 저희 식구가 먹을 걱정 하지 않고 지낼 수가 있게 되었습니다!"

"우리도요! 농가에 희망을 주셨습니다!"

셰임은 특히나 농부들에게 인기가 많았다. 다들 이노센트처럼 뭔가를 기대한 것 같았으나, 셰임은 성격대로 그저 인자하게 웃음만 지을 뿐이었다.

"여기 스피넬은 말 안 해도 아시겠죠?"

온몸이 불로 뒤덮인 스피넬은 굳이 설명이 필요 없었다. 그녀를 보며 사람들은 다른 의미로 놀라움을 드러냈다. 저렇듯 불타고 있는데 멀쩡해 보이는 게 신기한 것이다.

그에 스피넬은 별다른 걸 보여 주고 싶기라도 했는지, 별안간 하늘을 향해 불꽃을 몇 개 날렸다. 아직 해가 완전히 지지는 않았지만, 초저녁이라 어두워진 하늘에 난데없이 불꽃이 터지자 감탄과 탄성이 쏟아졌다.

이제 남은 것은 템페스타였다. 녀석이 어서 자신을 소개하라는 듯 턱을 치든 채 바율을 뚫어질 것처럼 응시했다.

"마지막으로 이 귀여운 소년은 바람의 정령, 템페스타입니다. 장난꾸러기지만 제 할 일은 아주 똑 부러지게 해내는 녀석이지요."

"안녕? 인간들! 난 바람의 정령이야! 만나서 반가워!"

"우, 우와! 정령이 말을 한다!"

"신기해!"

다른 정령들과 달리 템페스타가 말을 하자 놀란 사람들이 웅성거렸다. 잠옷 차림으로 공중에서 책상다리를 한 녀석의 모습은 다른 정령들에 비해 다소 괴짜처럼 비치기도 했다.

"내가 더 신기한 거 보여 줄까?"

"……?"

바율은 물론 다들 녀석의 말을 미처 이해하지 못한 상황이었다.

"이렇게 하면 다들 좋아하더라고!"

템페스타가 말을 끝내기가 무섭게 근처에 있던 수십 명의 영지민을 공중으로 띄웠다. 그리고는 일전에 아카데미에서 했듯 까르르 웃어 가며 허공의 이곳저곳을 왔다 갔다, 일명 '바람 태우기 놀이'를 시작했다.

"으아악!"

"사, 사람 살려!"

당연히 비명이 난무했고 주변은 순식간에 아수라장이 되었다.

"템, 템페스타! 무슨 짓이야! 당장 모두 안전하게 내려놓지 못해!"

여기에서까지 이럴 거라고는 상상도 못 한 바율이었다. 잠시 당황하긴 했지만, 그가 무섭게 명령하자 템페스타가 즉시 시민들을 내려놓았다.

"으앙! 난 더 태워 주세요! 너무 재미있어요!"

"저도요! 또 하고 싶어요!"

그때 비명에 파묻혔던 아이들의 신난 음성이 들려왔다. 사색이 되기는커녕 얼굴에 아쉬움이 잔뜩 배어서는 템페스타에게 더 해 주기를 요청했다.

"바율, 그래도 돼?"

천진하게 물어오는 템페스타에게 바율은 다급히 말했다.

"아니, 안 돼! 다시는 내 허락 없이 이러지 마! 알겠어?"

"…으응."

잘못했다간 누군가 큰 부상을 입을 수도 있었다. 바율은 정령들을 돌려보내고 템페스타를 대신해서 사과했다.

"죄송합니다. 템페스타가 아직 어려서 이렇게 하면 좋아할 줄 알았다고 하네요. 다음부터는 주의하라고 했으니 안 그럴 겁니다."

"바율 도련님, 저희는 걱정 마십시오! 아이들이 신난 것 같으니 괜찮습니다. 오히려 미천한 저희에게 정령과 함께할 기회를 주셔서 너무나 영광입니다!"

한 사내가 외치자 그에 동의한다는 듯 영지민들이 다시 한번 바율에게 고개를 숙였다. 그들에게 오늘 일은 가문 대대로 자랑할 만한 사건이었다. 템페스타의 실수쯤은 흠이라고 할 수도 없었다.

"도련님, 이제 가셔야 할 듯합니다. 성에서 공작 전하께서 기다리고 계십니다."

마중을 나온 조아나 집사가 바율의 귀에 대고 속삭였다.

"네, 알겠습니다."

바율은 모여든 관중을 향해 마지막으로 인사했다.

"오늘의 환영 인사, 잊지 않겠습니다. 다들 지금처럼 건강하고 행복하세요. 그것이야말로 저와 제 아버지의 기쁨입니다."

란데르트 공작이 영지민들을 만나면 항상 하는 말이었다. 정녕 그 아버지에 그 아들이 아닐 수 없다. 만월 기사단과 본성으로 떠나는 바율의 뒷모습을 하염없이 바라보며 영지민들은 생각했다.

평생 공작가를 위해 살아가겠노라고.

해밀턴에서 나고 자란 건 그들에게 진정 축복이자 행운이었다.

2.

"아버지!"

마차에서 내린 바율은 깜짝 놀라며 달려갔다. 아버지께서 직접 본성 현관 앞에 서 계셨기 때문이다.

"컹컹!"

"컹컹컹컹!"

하지만 얼마 가지도 못해서 바율은 흙바닥을 굴러야 했으니, 재스퍼와 그의 자식들 탓이었다. 놈들이 바율을 발견하고는 미친 듯이 달려와 바율을 덮친 것이다.

며칠 전에 갓 한 살이 된 보석 사인방은 이제 덩치가 거의 재스퍼와 비슷했다. 그런 녀석들 다섯 마리가 한꺼번에 덤비자 바율은 당할 재간이 없었다.

"난 또 찬밥 신세지!"

리타가 목소리를 깔며 녀석들을 노려보았기에 망정이지, 자칫 한참을 땅에 누워 있을 뻔했다.

"컹컹컹!"

"컹컹컹컹!"

리타는 재스퍼가 바율 다음으로 좋아하는 사람이었다. 그런 녀석의 영향 때문인지, 방학 때만 잠깐 보는 바율과 리타에 대한 보석 사인방의 애정도 대단했다.

녀석들이 일제히 리타에게 달려들며 그녀의 얼굴을 침으로 아주 범벅을 만들었다. 바율은 그 틈에 얼른 재빠르게 일어나 아버지에게로 향했다.

"왔느냐?"

"네, 아버지. 많이 기다리셨죠?"

"아니다. 저놈들이 다시 널 채 가기 전에 어서 들어가자꾸나."

란데르트 공작의 말은 농이 아니었다. 그의 발걸음이 평소보다 두 배는 빨라서 바율은 따라가느라 애를 먹었다.

중앙 홀에 들어서자 성내에서 일하는 하인들이 바율에게 인사하기 위해 다들 모여 있었다. 그들 역시 기차역에서 만났던 영지민들처럼 바율을 향한 눈빛들이 전과는 상당히 달랐다.

바율은 그들에게 미소로 화답하며 아버지와 함께 응접실로 들어섰다. 황제의 명을 수행하기 위해 해밀턴을 곧 떠나야 했다. 그때까지 조금이라도 아버지와 시간을 더 보내고 싶었다.

"어머니, 저 왔습니다. 형도 잘 지냈지?"

바율은 어머니와 형에게 인사부터 했다. 바율이 특무대신이 되어 금의환향을 한 날, 란데르트 공작은 아내의 초상화를 이곳 응접실로 옮겼다. 그리고 그 옆에 바일의 초상화도 함께 걸었다.

이제 더는 슬픔을 숨기지 않고 건강하게 그리워하겠다는 공작의 의지였다.

"바율 도련님께서 시장하지 않으시다면 차부터 준비할까 하는데, 괜찮으시겠습니까?"

"네, 커닝 집사님. 기차 안에서 뭘 좀 먹어서, 아직은 괜찮습니다."

"이언 경과 맥 보좌관도 함께할 거니 같이 준비해 주게 나."

"예, 영주님."

성에 도착하자마자 데스 삼 형제는 호수에 아줌마가 있는 주방으로 직행했고, 만월 기사단은 숙소로 복귀했다.

이언과 맥을 일부러 자리에 앉히신 걸 보면 아버지께서 중하게 하실 말씀이 있다는 뜻이었다.

"바율, 너의 첫 행선지가 결정되었다."

"베르가라에서 연락이 온 겁니까?"

"말씀 중에 송구하오나, 란데르트 공작 전하. 보좌관인 저는 아직 아무 명도 받지 못하였습니다. 한데 어떻게……."

"며칠 내로 폐하의 칙서가 당도할 것이네. 내가 먼저 알게 된 건 폐하께서 내게 상의를 요청하셨기 때문이고."

"아, 하면 그 행선지가 혹시 가국으로 결정이 난 것입니까?"

"…어찌 그렇게 생각하는가?"

가국에 관한 가능성을 수하들과 논하기 했다만, 일개 보좌관의 귀에까지 들어갈 만큼 보안이 가벼운 사안은 아니었다.

"폐하께서 지금까지 제게 아무 명이 없으시다는 건 그만큼 고민이 깊으셨다는 의미겠지요. 그리고 지금 이 와중에도 타국에서는 황실로 수많은 사신을 보내고 있습니다. 아마 직접 들어 보지 않아도 그들의 제안은 대단히 파격적일 겁니다."

한마디로 자국과 타국 중 어느 쪽을 택할지가 관건이었으리라는 뜻이다.

"한데 개중 가국을 콕 집어 말한 까닭은 무엇인가?"

"그거야, 우리 폴스카 제국과 가국은 형제의 나라가 아닙니까? 오랜 세월 인접국으로 살며 양국은 많은 것들이 거미줄처럼 얽혀 있습니다. 타국을 가게 된다면 그 외의 다른 국가를 먼저 가지는 않으리라고 여겼습니다."

역시 괜히 만점으로 수석을 차지한 게 아니었다. 22세란 어린 나이로 이렇게까지 정계 상황을 정확히 꿰뚫어 보고 있다니, 란데르트 공작은 진심으로 맥이 대단하게 느껴졌다.

"바율에게 자네 같은 보좌관이 있다는 게 안심이군. 맞네. 이번에 바율과 자네가 가야 할 곳은 가국이라네."

"아버지, 정녕 그리해도 되는 겁니까?"

이언에게 미리 언질을 받긴 했지만, 그 추측이 정말 현실이 되자 바율은 걱정하지 않을 수 없었다. 만약 이 사실이 세간에 알려진다면 제국민들의 원망을 살 여지가 있었기 때문이다.

"일단 너의 행선지는 비밀로 할 것이다."

"…비밀이요?"

"그래. 일을 마무리하면 그때 결과와 함께 알리기로 하였다. 앞으로도 쭉 그렇게 해야만 하고."

"혹시 저의 안전 때문인가요?"

"그렇다. 만월 기사단이 지킨다고는 하나, 네 위치가 드러나면 제국뿐 아니라 대륙에서 사람들이 몰릴 게 자명하다. 이미 여러 곳에서 개인적인 청탁을 위한 움직임이 포착되었다."

"그럴 수도 있겠네요…… 근데, 만월 기사단이 나타나면 어차피 대부분이 다 알아보지 않을까요?"

"아마 저희는 변복을 해야 할 겁니다."

이언의 말에 공작이 고개를 끄덕이며 덧붙였다.

"예전부터 종종 있어 왔던 일이다."

만월 기사단이 뜬금없이 나타난다면 란데르트 가문을 떠올리는 것은 시간문제다. 변복은 피할 수 없는 선택이었다.

"마치 암행이라도 떠나는 모양새네요……."

"가국에 가기가 싫은 것이냐?"

"싫다기보다, 자국을 등한시하는 것 같아 기분이 좀 그렇습니다."

시무룩한 아들의 심정을 백번이라도 이해한다는 양, 란데르트 공작이 타이르며 말했다.

"가국에서 향후 5년간 제국에서 수출되는 모든 물자에 대해 관세를 면제하겠다는 제안을 내놨다."

"…관세를 5년이나 면제해 준다고요?"

바율은 물론 이언과 맥도 적지 않게 놀란 듯 눈이 커졌다.

"그러면 제국은 경제적으로 어마어마한 이득을 취하게 될 것이다. 바닥난 국고를 채우고, 침체된 경기를 살릴 수 있게 되겠지."

"하지만 아무리 경제가 중요해도……."

"바율, 재난을 복구하는 데는 많은 비용이 필요하단다. 물론 네 역할이 가장 중요하겠지만, 그 후처리는 국가에서 맡아 진행을 해야 하지. 하나 지금은 그럴 만한 여력이 되지 않는 상태다."

"그러니까, 먼저 부족한 자금을 확보한 후에 나라를 손보자는 말씀인가요?"

"쉽게 말하면 그렇지."

"란데르트 백작님, 백작님의 불편하신 마음은 충분히 공감 갑니다. 하지만 저는 공작 전하의 말씀에 일리가 있다고 생각합니다."

맥이 조심스럽게 끼어들며 자신의 생각을 피력했다.

"지금 무리해서 자국의 복구에 나선다면 조만간 자금난에 허덕일 게 분명합니다. 오랜 가뭄과 연속된 재난으로 제국의 경제 사정이 좋지 않다는 건 제국민들도 다 아는 사실입니다. 감히 말씀드리자면, 이번 결정이 백작님의 명성에 결코 누가 되지는 않을 겁니다."

"…가국에서 원하는 조건은 무엇인가요?"

어차피 싫든 좋든 황제의 명을 거부할 수는 없었다. 아버지와 맥 보좌관의 설명을 들으니 이해가 아주 안 가는 바도 아니었다.

그러자 이제 자신이 가국에서 하게 될 일이 무엇일지가 궁금해졌다.

"그건 가 봐야 알 수 있을 듯하구나. 그곳 역시 문제가 산재해 있어 무엇부터 의뢰해야 할지 아직 결정을 내리지 못한 모양이다."

"그럼 전 가국에 도착하면 황궁을 찾아가야 하는 겁니까?"

"캔자스에서 배를 타고 가국의 항구에 당도하면 궁에서 나온 사람들이 널 기다리고 있을 게다."

그곳에서 아마도 바율은 극빈 대접을 받게 될 터다. 가국에서 과연 어떤 일을 아들에게 맡길지, 솔직한 심정으론 란데르트 공작도 함께 가고 싶었다.

"전에 베르가라에서 휘월 공주를 만난 적이 있습니다. 나이답지 않게 생각이 깊어 보이더군요. 그녀의 아버지인 무무왕은 어떤 분입니까?"

남의 나라 왕을 대면한다는 게 어떤 기분일지 바율은 아직 상상조차 가지 않았다. 분명 엄청나게 떨리고 긴장될 것이다.

"그건 나보다는 맥 보좌관에게 듣는 게 좋겠다."

"네, 란데르트 백작님. 해밀턴에서 보내실 시간이 많지 않으시니, 가국에 관한 것은 이동 중에 보고드리도록 하겠습니다."

"이제 보니 맥 보좌관이 눈치도 빠르구나."

"공작 전하, 저도 그만 일어나 보겠습니다. 편히 말씀 나누십시오."

그제야 이언도 란데르트 공작이 바율과 단둘이 하고 싶은 이야기가 있다는 걸 알아차렸다. 그가 남은 차를 단숨에 들이켜고는 서둘러 일어났다. 맥 역시 두 부자에게 예를 차린 후 커닝 집사의 안내에 따라 자신이 묵을 숙소로 올라갔다.

"그간 아카데미엔 별일 없었느냐? 네 친구들은 당연히 잘 지내고 있겠지?"

"네, 아버지. 다들 무탈합니다. 연날리기 대회에서 입상하지 못해 시무룩한 것만 빼면 말이죠. 참, 이번 여름 방학 동안 녀석들과 함께하기로 하였습니다."

"가국에 같이 가겠다는 말이냐?"

"네, 안전이라면 염려 마십시오. 다들 제 몸 하나는 충분히 지킬 수 있습니다."

그건 란데르트 공작도 어느 정도 인정하는 바였다. 하지만 어떤 변수가 생길지 모르는 곳에 아이들끼리 간다니 걱정이 안 될 수가 없었다.

"여차하면 데스가 해결해 줄 거예요. 그가 강하다는 건 아버지께서 가장 잘 아시잖아요."

"그 데스가 이번에 아주 크게 사고를 쳤다지?"

"신탁 얘기 말씀이시죠?"

이언에게 대충 이야기는 들었다. 리타에게 언질을 줘서 데스를 혼내 준 게 사다드의 계략(?)이었다는 걸.

"네가 자레드에게 절망을 심었다고 해서 얼마나 놀랐는지 모른다. 엄청난 양의 마력이 발생해서 라예가르 그자가 찾아가 난리를 피웠다던데, 괜찮은 게냐?"

"이사장님이 화가 많이 나시긴 했는데, 그래도 조약을 깬 것은 아니라서 마지못해 물러나셨어요. 그리고 제게 이런 힘이 생긴 건 데스도 예상하지 못했다고 하더라고요. 리타도 마찬가지고요."

"그래, 리타에게 치료 능력이 생겼다는 사실도 믿기지가 않더구나. 행여 그 능력이 녀석에게 해가 되지는 않을지, 그 역시 걱정이다."

"훗, 아버지. 안 본 사이에 너무 걱정만 느신 것 같습니다."

"이 아비를 놀리는 것이냐?"

바율이 갑자기 웃자 란데르트 공작이 짐짓 언짢은 표정을 지었다. 물론 바율도 이제는 그게 진심이 아님을 한눈에 알아볼 수 있었다.

"저를 세상에 내어놓은 건 아버지이십니다. 그러니 믿고 맡겨 주세요. 사실, 저보다는 라피트를 걱정하셔야 합니다."

"라피트? 그 녀석에게 무슨 일이라도 생긴 게냐? 이번에 캐링스턴에 입학했다고는 들었는데."

"안 그래도 녀석이 종종 사고를 치는 편이었잖아요. 한데 이번엔 그게 좀 커서, 아마 세이모어 백작님께 된통 혼날 것 같아요."

"저런, 녀석이 아직도 장난꾸러기 기질을 버리지 못한 모양이구나."

"시간 되시면 백작님께 살짝 말씀해 주실 수 있으세요? 적당히 달래 주시라고요. 이미 로건에게 한바탕 혼났거든요."

"그랜트가 내 말을 듣겠느냐? 그리고 사고를 쳤으면 혼이 나야지. 넌 네 할 일에나 신경 쓰거라."

그랜트는 세이모어 백작의 이름이었다. 그가 좋은 아버지라는 건 바율도 알고 있지만, 어깨가 처진 채 로건을 따라가던 라피트의 모습이 자꾸만 생각났다.

"어느 집안에나 사고뭉치 녀석은 하나씩 있는 법이지."

라피트를 떠올리며 란데르트 공작은 피식 웃음을 지었다.

"…그러고 보니 데릭 형은 어떻게 지내고 있나요?"

사고뭉치란 소리를 들으니 잊고 있던 사촌 형에 대한 소식이 궁금했다.

"의외로 잘 버티고 있으니 염려 말아라. 제대로 반성하고 나올 때, 우린 이전처럼 따뜻하게 맞아 주면 될 일이다."

"네, 아버지……."

"혹여라도 죄책감을 느끼고 있다면 그럴 필요 없다. 넌 마땅히 해야 할 일을 한 것뿐이니."

"작은아버지는요? 드와이어트 제국에서 홀로 외롭지는 않으시대요?"

"외로울 틈도 없을 거다. 해야 할 일이 오죽 많아야지."

그래서 요즘 소식도 뜸한 녀석이었다.

"모쪼록 잘 마무리가 되었으면 좋겠네요."

"그리고 릴리스의 결혼은 미루기로 하였다."

"…그게 무슨 말씀이세요? 결혼을 미루다니요!"

갑작스러운 아버지의 말에 바율은 깜짝 놀랐다. 결혼할 상대를 떠올리며 얼굴을 붉히던 릴리스 누나가 아직도 기억 속에 선명하다.

"설마 데릭 형 일로 파혼이라도 하게 된 겁니까?"

"놀랄 것 없다. 아비도 없이 식을 치를 수는 없지 않으냐?"

"…예?"

"리암이 급한 일을 마무리하는 대로 시간을 내서 오기로 하였다. 그때가 되면 혼인을 치를 예정이다."

"아…… 저는 혹시라도 저 때문에 혼사가 깨진 줄 알고……."

"그럴 일도 없겠지만, 설사 그런 일이 일어난다고 해도 이 아비가 다 책임질 것이다. 그러니 조금 전 말했던 대로 넌 네 일에나 집중하거라."

아들의 어깨에 수많은 목숨은 물론, 이제는 나라의 재정 상태까지 지워졌다. 공작은 그 외의 다른 일로 녀석의 심기가 어지럽혀지는 상황을 원치 않았다.

"내일 너를 위한 파티를 열기로 했다."

"…파티요?"

"공식적인 첫 행보를 축하하는 자리다. 아들이 큰일에 나서는데 그냥 보낼 수는 없지 않겠느냐?"

"특무대신으로서 해야 할 일을 하는 것뿐인데요. 그런 건 너무 거창합니다, 아버지."

"그럼 잘난 아들을 자랑하고 싶은 아버지가 여는 모임이라고 하자꾸나. 그건 괜찮겠지?"

"아버지……."

늘 자랑스러운 아들이 되고 싶었다. 약하고 무능한 아들이 아니라, 아버지께서 누구를 만나시든 당당하게 소개하실 수 있는 그런 아들이 되고 싶었다.

그래서일까.

갑작스레 눈에 눈물이 고였다.

아버지와의 관계를 회복하긴 했지만, 마음속 짐이 아직도 남아 있었나 보다. 아버지에게 인정받았다고 생각하자 울컥하고 뭔가가 올라왔다.

'바일……!'

지금 여기에 형이 있었다면 얼마나 좋았을까.

아마 열 배, 아니 백 배는 더 기쁘고 행복했을 것이다. 지금 이 감격을 같이 나누지 못하는 게 바율은 또 미안해졌다.

"녀석, 바보같이 울기는."

란데르트 공작은 웃으며 아들의 머리를 흐트러트렸다.

"아비는 네가 무척이나 자랑스럽다. 바율 네가 내 아들이라는 데 항상 감사하며 살고 있단다. 어디를 가서도 이런 아비의 마음을 잊어서는 아니 된다."

바율은 목이 메어 차마 답을 하지 못했다. 그저 고개를 끄덕이며 아버지의 말을 가슴에 담았다. 눈물이 주르륵 볼을 타고 흘러내렸다.

그리고 다음 날 아침.

바율을 위한 파티 준비로 해밀턴 성내가 분주하게 돌아갔다. 여름이 찾아온 캐링스턴과 달리 해밀턴은 아직 꽃향기가 풍기는 봄이었다.

오늘의 연회는 오랜만에 야외에서 열렸고, 그 덕에 정령들이 아낌없이 능력을 펼쳤다.

바율이 명을 내린 것이 아니었다. 정령 넷이 공모라도 했는지 이노센트는 야외 분수대에서 화려한 물을 뿜어냈고, 셰임은 잔디와 나무, 꽃 등으로 곳곳에 예술 작품을 만들어냈다.

템페스타는 본인의 특기를 살려 보석 사인방을 포함해 성내에 머무는 어린아이들 전부를 데리고 바람 태우기 놀이를 열심히 시전했다.

반응이 얼마나 폭발적이었는지, 꽤 많은 어른이 슬쩍 템페스타에게 다가가 먼저 청하기도 했다.

스피넬은 밤이 되었을 무렵 하늘에 폭죽을 터뜨렸다. 아름다운 불꽃이 밤하늘을 수놓는 장면은 가히 장관이었다.

어제 아버지와의 대화 때문이었을까.

성내 식구들과 함께 하늘을 올려다보는 바율의 얼굴에 환한 미소가 피었다.

더 이상 미리부터 앞날을 걱정하지 않을 것이다. 가국에서 어떤 일이 자신을 기다리고 있을지는 모르겠으나, 모든 게 뜻대로 잘 풀릴 거란 막연한 기대마저 드는 밤이었다.

Chapter 8.
첫 발현

1.

 바율이 캔자스시 기차역에 내린 것은 그로부터 일주일 후쯤이었다. 동부 최대의 도시이자 제국의 제3 도시로 불리는 캔자스시는 가국을 가기 위해선 반드시 거쳐야 하는 관문 도시이기도 했다.

 바율은 이곳에서 친구들과 만나기로 하였다. 다들 가국으로 간 거라고는 생각지도 못했을 것이다.

 편지를 받은 녀석들이 각자 어떤 생각을 하며 캔자스시로 오고 있을까. 바율은 어서 빨리 친구들을 만나고 싶었다.

 "우와! 도련님, 저기 좀 보세요! 가국이랑 붙어 있어서 그런지, 물건들이 정말 신기하게 생겼어요! 꼭 다른 나라에

온 기분이에요!"

바율의 이번 출장에 동행한 인원은 총 11명이었다. 이언을 포함한 만월 기사단이 다섯, 데스와 그의 형제들이 넷, 거기에 맥 보좌관과 리타까지 더하니 예상보다 수행원이 많아졌다.

해서 이언을 제외한 만월 기사단은 적당히 거리를 벌리고 바율을 호위하기로 하였다. 그래도 일행이 여덟이나 되었지만, 다행히 아직까지 이동하는 데 큰 불편함은 없었다.

"리타, 사고 싶은 거 있으면 다 사. 아버지께서 뭐든 사 주라고 하셨어."

"정말이에요, 도련님?"

"그럼, 그동안 너무 고생만 했잖아. 여기까지 따라올 필요는 없었는데…… 지금이라도 마음 바뀌었으면 돌아가도 괜찮아. 간만에 휴식이라도 좀 취하는 게 좋지 않겠어?"

"무슨 말씀이세요, 도련님! 제가 아니면 도련님 옷 입으시는 건 누가 도와드려요. 머리 손질은 또 어떻고요! 특무 대신으로서 첫발을 내딛는 이런 중요한 순간에 당연히 제가 도련님을 보필해야죠. 전 휴식 같은 건 필요 없답니다!"

여행 중이니 리타가 요리할 일은 딱히 없을 것이다. 하지만 녀석이 하는 일은 그게 전부가 아니었다. 어려서부터 바율의 전담 시녀였던 그녀는 바율의 머리부터 발끝까지 직접 관리해 왔다.

그런 그녀다 보니 안 그래도 긴 출장길에 바율이 행여 불편하기라도 할까 지극 걱정이었다. 그리곤 결국 함께 가야겠다고 마음을 먹기까지 이르렀다. 해서 공작을 설득해 가장 마지막으로 일행에 합류했다.

"리타 양을 누가 말리겠습니까? 공작 전하께서도 포기하셨는걸요."

그러니 그만 받아들이라는 듯한 투로 말한 이언은 앞을 가리켰다.

"저곳입니다. 도련님의 친구분들이 먼저 도착해 계실지도 모르니 서둘러 가 보시죠."

바율과 친구들이 만나기로 한 장소는 캔자스시에서 가장 번화한 곳에 위치한 '석양이 내리는 집'이란 숙박업소였다. 음식도 함께 파는 곳으로, 캔자스에서 가장 크고 유명하다기에 찾기 쉽도록 일부러 이곳으로 택했다.

"어서 오십시오! 캔자스에서 가장 멋진 석양을 감상할 수 있는 곳, 석양이 내리는 집에 오신 걸 환영합니다!"

가까이에서 보니 제법 규모가 으리으리했다. 일행이 건물 안에 들어서기도 전에 십 대로 보이는 소년 종업원이 싹싹하게 인사하며 이언을 필두로 한 그들을 안쪽으로 안내했다.

"일단은 식사부터 준비해 주시게."

"네, 그럼요! 무엇이든 주문만 하시면 곧장 대령하겠습니다!"

종업원이 중앙의 큰 테이블로 가 가장 먼저 바율의 의자를 빼 주었다. 어려서부터 눈칫밥을 먹으며 터득한 그만의 요령 덕에 바율이 나이는 어려도 신분은 제일 높다는 사실을 바로 알아차린 것이다.

"하룻밤 묵어갈 참이네."

"예, 아무렴 그러셔야지요! 풍광이 가장 좋은 방으로 예약해 드리겠습니다!"

"가능하다면 한 층을 다 쓰고 싶은데, 그럴 수 있겠습니까?"

맥 보좌관이 실내를 둘러보며 묻자 종업원의 작은 눈이 번쩍 떠졌다. 돈 좀 있는 손님일 거라 짐작은 했지만, 본인의 생각보다 더한 거물임을 그제야 깨달았다.

"인원은 총 열여섯 정도가 될 겁니다."

"아이고, 그 정도야 충분히 묵으시고도 남지요! 오 층을 싹 비우도록 하겠습니다!"

종업원이 헤벌쭉 웃으며 계산대로 달려갔다. 큰손님을 물어 왔으니 자신에게도 어느 정도 배당이 떨어질 터였다. 종일 빵 쪼가리밖에 먹지 못해 방금 전까지만 해도 배가 고파 죽을 것 같았는데, 허기가 단번에 사라지는 듯한 기분이었다.

"어서 오십시오! 이쪽으로 앉으십시오!"

뒤이어 들어온 손님은 만월 기사단이었다. 그들은 별다른 인사 없이 바율과 조금 떨어진 곳에 자리를 잡고 앉아 음식을 주문했다. 저녁 시간이 다가오자 식당 안이 순식간에 손님들로 가득 찼다.

"오호, 여기도 제법 먹을 만한데?"

"네, 형님. 리타 양의 요리에 비하면 보잘것없지만, 나름의 특색이 있는 것 같습니다."

인원이 많다 보니 주문한 음식의 양도 상당했다. 마족 넷이 품평까지 해 가며 먹는 모습을 보고 있자니 바율은 웃음이 나오려고 했다.

모든 맛의 기준이 리타의 요리에 맞춰지고 길든 탓에 뭘 먹어도 완전히 만족할 순 없는 모양이었지만, 그래도 마계의 음식보다는 훨씬 나았는지 네 마족은 다들 군말 없이 식사에 열중했다.

이후 어느 정도 배를 채웠을 무렵, 리타가 조심스레 바율에게 물었다.

"도련님, 더 어두워지기 전에 잠시 바깥 구경 좀 하러 나가도 될까요?"

"음, 나는 친구들을 기다려야 할 것 같으니까 리타라도 가서 구경하고 와. 데스, 같이 다녀오세요."

바율의 부탁에 데스가 고개를 끄덕이며 바로 일어섰다.

"형님, 오다가 보니 길거리에 먹을 것 천지던데 후딱 나 갑시다!"

바르와 아몬은 물론이고 아고스까지 새로운 도시에 홀딱 빠진 게 분명했다. 좀 전에 어마어마한 양의 요릴 해치우고도 금세 또 허기가 도는지, 넷은 약속이라도 한 듯 꿀꺽 침을 삼켰다.

"너무 늦지만 말아 주세요."

데스가 따라가니 별일이야 있겠냐만, 친구들이 도착하면 내일 당장이라도 가국으로 떠날 수 있도록 채비해야 할지도 몰랐다.

당부하는 바율에게 그러겠노라 약조하며 리타와 데스 형제가 신이 나서 밖으로 뛰어나갔다.

"그나저나 녀석들이 전부 늦네요. 오늘쯤이면 다 도착할 줄 알았는데 말이에요."

"꼭 오늘이 아니더라도 조만간 곧 당도하겠지요. 도련님께선 방으로 올라가셔서 좀 쉬시는 게 어떻겠습니까?"

"참, 방 얘기가 나와서 말인데요. 맥 보좌관님, 그렇게까지 할 필요가 있는 겁니까? 예산을 너무 막 쓰는 건 아닌가 싶어서요."

"그런 걱정이라면 일절 하지 않으셔도 됩니다. 이미 폐하께서 조금의 불편함도 없도록 란데르트 백작님을 보필하고 지원하라 명하셨습니다."

"하지만 군이 한 층을 전부 사용한다는 게 저는 영⋯⋯."

"모든 건 백작님의 안위 때문입니다. 혹시 모를 사태를 미연에 방지하고자 함이니 너무 심려 마십시오."

"캔자스시는 치안이 꽤 좋은 도시가 아니었던가요?"

"예, 맞습니다. 많은 명장을 배출한 드로우 후작가의 영지이니만큼 치안이 훌륭한 곳이죠."

"⋯그런데 어째서 표정이 그러십니까?"

맥 보좌관의 얼굴을 보니 뭔가 다른 문제라도 있는 모양이었다.

"그게⋯⋯ 사실 요즘 좋지 않은 소문이 좀 있어서 말입니다."

"소문이요?"

바율과 이언은 캔자스시 방문이 처음이었다. 더욱이 실상 그들의 진짜 목적지는 이곳이 아닌 가국이었다. 캔자스시에 대해서는 아는 바가 거의 없다고 봐도 무방했다.

"란데르트 백작님의 보좌관으로 발령받기 전 황궁에서 제가 하던 일은 각 지방에서 올라오는 사건, 사고에 관한 보고서를 정리하는 것이었습니다."

"재난에 대한 부분 말고도 말인가요?"

"예, 물론 그게 주되긴 했지만, 그 외에 대해서도 다루었습니다."

"그래서, 여기선 주로 무슨 일이 있었습니까?"

"…소녀들이 사라지는 문제였습니다."

"소녀가 사라져요? 어린 여자아이들이 없어졌다는 말씀입니까?"

생각지도 못한 얘기에 바율은 깜짝 놀랐다.

"혹 인신매매가 행해지는 건 아닌가?"

이언의 물음에 맥 보좌관이 고개를 저었다.

"그게, 단정할 만한 수준은 아니었습니다. 그러기엔 수가 너무 적었거든요."

"그럼 어린 소녀만을 대상으로 하는 연쇄 살인, 혹은 연쇄 납치범일 수도 있겠군."

"…그건 저도 자세히 모릅니다. 몇 차례 사건 보고를 받은 뒤, 곧 캐링스턴으로 가게 되었으니까요."

"드로우 후작가에선 그에 대해 뭐라던가요?"

만약 이런 일이 해밀턴에서 벌어졌다면 아버지께선 무엇보다 우선하여 해결에 나서셨을 것이다. 어린 소녀들을 대상으로 한 범죄는 악질 중의 악질이었고, 그 정도에 따라서는 사형을 받아 마땅한 위법 행위였다.

"어떤 조치를 취하였는지는 알지 못합니다만, 자체적으

로 조사에 들어갔으리라 예상하고 있습니다."

"범인이 하루라도 빨리 잡혔으면 좋겠군요. 리타에게도 있는 동안 조심하라고 일러 줘야 할 것 같습니다."

어린 소녀만을 노린다면 리타도 대상에 포함되었다. 지금이야 데스가 함께 있어 안심이지만, 사람 일이란 모르는 것이다. 조심해서 나쁠 건 없었다.

"이따 돌아오면 제가 말하겠습니다."

이언 역시 걱정이 되었는지 굳어진 안색으로 대꾸했다.

"기차를 오래 탔더니 좀 피곤하네요. 그럼 전 이만 먼저 올라가서 쉬도록 하겠습니다. 두 분도 따뜻한 물로 씻으시고 오랜만에 몸 좀 녹이세요. 어째 해밀턴보다 이곳이 더 추운 것 같습니다."

"동부 곳곳이 때 이른 한파로 말썽이라고 하더군요. 아마도 그 영향인 듯합니다."

"그렇군요."

이곳 역시 언젠가는 바율이 나서서 해결해야 한다는 뜻이었다.

'템페스타, 친구들이 와 있는지 근처 좀 돌아봐 주겠어?'

바율은 자리에서 일어나며 혹시 몰라 템페스타에게 부탁했다.

—응, 바율! 보고 올게!

사람들의 시선을 의식해서 당분간 정령들에게는 모습을 드러내는 걸 주의하라고 당부했다. 템페스타가 실내를 한 바퀴 슝 돌고는 이내 밖으로 사라졌다. 작은 물건들이 바람에 들썩거렸지만, 다행히 이상하게 여기는 이들은 아무도 없었다.

2.

바율이 '석양이 내리는 집'에서 애타게 친구들을 기다리고 있을 그 시각. 퀸과 일라이, 에이단은 약속한 장소에서 바율을 기다리고 있었다.

"여기서 만나기로 한 거 맞냐? 거리상 우리보다 먼저 도착해 있어야 정상 아니야?"

"저기 간판을 봐. '석양이 머무는 집'이라고 쓰여 있잖아. 바율이 분명 이곳에서 보자고 했다니까?"

"편지를 두고 와서 잘 기억은 안 나지만, 그런 이름이었던 것 같기는 하다. 근데 왜 안 오는 거야? 설마 오늘 우리끼리 여기서 숙소 잡고 자는 건 아니겠지? 나 돈 없는데."

돈 걱정하는 일라이를 에이단이 잠시 눈을 부라리며 바라봤지만, 애써 마음을 다잡으며 말을 아꼈다.

"곧 오겠지. 조금 더 기다려 보자."

그들은 저녁 식사를 끝내고 거리에 오가는 사람들을 구경하며 차를 한 잔씩 하고 있었다. 캐링스턴에 비해 날씨가 춥다 보니 옷이라도 사 입어야 하나 내심 고민 중이기도 했다.

"어라?"

그때 무심코 밖을 향해 있던 에이단의 눈에 익숙한 누군가가 보였다.

"애들아, 저기 리타 아니야?"

"응? 어디?"

리타가 여기 있다는 건 바율도 도착했다는 소리였다. 에이단의 손가락을 따라가 보니 정말로 리타가 보였다.

"근데 혼자인 것 같은데?"

"어딜 저렇게 급하게 가는 거지?"

잰걸음으로 바쁘게 걸어가는 리타의 주변에는 바율도, 데스 형제도 아무도 없었다. 그에 친구들이 이상함을 느끼는 찰나, 퀸의 이마에 잔주름이 잡혔다.

"그보다 저것들은 뭐냐?"

"뭐나니, 뭐가?"

퀸의 시선을 좇으니 한눈에 봐도 딱 불량해 보이는 녀석들이 주변을 의식하며 리타의 뒤를 밟고 있었다.

"잠깐, 저 자식은…… 그때 그놈 아니야?"

"에이단, 아는 녀석이냐?"

"너희도 같이 봤잖아. 전에 아카데미 대표로 황궁을 방문했을 때!"

"사절단으로 갔었을 때를 말하는 거야?"

"그래, 그때 자레드랑 같이 있던 자식! 이름이 아마……세자리오였지?"

"아, 맞아! 드로우 후작가의 차남! 근데, 저놈이 리타 뒤는 왜 쫓는 거지?"

세 친구의 시선이 허공에서 마주쳤다. 세자리오에 대해 잘은 모르지만, 자레드에 버금갈 정도로 맛이 갔다는 소리는 들은 적이 있었다.

친구들은 탁자에 대충 음식값을 남겨 두고 빠르게 녀석의 뒤를 미행하기 시작했다.

3.

"세자리오, 오늘 너 너무 일찍 들어가는 거 아니냐? 아직 자정은커녕 9시도 안 됐다고! 우리 그러지 말고 한 잔만 더 하자! 엉?"

"야, 그레고리! 나라고 벌써 들어가고 싶겠냐? 근데 우리 집 꼰대가 찾는다잖아. 하필 방학일 때 집에 와 가지고 말이야. 으으, 나도 짜증 난다! 짜증 나!"

오랜만에 방학을 기념하며 친구들과 음주 가무를 즐기고 있었건만, 아버지가 부른다기에 어쩔 수 없이 포기하고 가게를 나온 참이었다.

하지만 이대로 들어갔다간 잔소리를 들을 것이 분명하기에 술을 좀 깨고자 대로를 걷는 중이었다.

"그, 헥터 공작가 때문에 그런 거 아니냐? 거기 완전 망했다며. 너희 가문에도 불이익 생기면 어떡해?"

"이 자식이, 돌았나! 거기랑 우리랑 무슨 상관인데? 그리고 이제는 그쪽도 우리랑 같은 후작가거든? 말 똑바로 해!"

세자리오가 주먹을 들어 때리려는 시늉을 하자 그레고리가 잽싸게 피하며 킥킥거렸다.

"자식, 예민하게 굴기는! 나는 걱정돼서 그렇지! 너희 가문이랑 우리 가문은 한배를 탔잖아!"

"그게 누구 덕분인지는 알지?"

"암, 알고말고! 내가 친구를 아주 잘 둔 덕분이지!"

그레고리의 아부에 비틀거리며 걷던 세자리오가 헤벌쭉 웃음을 터뜨렸다.

"알면 됐다, 이 새끼야! 넌 지금처럼 내 뒤만 졸졸 따라다니면 돼! 알겠냐?"

"네, 네! 여부가 있겠습니까요! 앞으로도 지금처럼만 잘 부탁드립니다, 친구님!"

"에이, 씨! 그냥 확 새 버릴까?"

거리를 오가는 사람들을 보고 있자니 세자리오는 갑자기 집에 들어가기가 싫어졌다. 아무리 아버지의 명이라지만, 술이 한 번 들어가고 나니 본능이 자꾸 이성을 내리눌렀다.

"나는 찬성! 대찬성! 한 잔 더 하고 뒹굴러 가자니까!"

아까부터 계속하던 말이 이제야 먹히고 있었다.

"오랜만에 계집년들 살 냄새 맡으면 기분 째지지 않겠냐? 아카데미에서 머리 빠지게 공부했으니 이제 좀 쉬어 줘야지!"

"미친놈! 난 몸 파는 것들은 상대 안 해! 그년들은 틈만 주면 기어오르려고 해서 재미가 없어!"

"쿡쿡, 그래서 맨날 아랫것들 건드리는 거냐?"

"강제로 하는 맛이 꽤 좋단 말이지."

세자리오가 혀로 입술을 축이며 씨익 하얀 이를 드러낼 때였다. 동그란 안경을 쓰고 갈색 머리를 땋아 내린 소녀 하나가 불현듯 그의 눈에 들어왔다.

"호오, 안경을 썼어?"

도통 보기 드문 스타일이었다. 행색을 보니 어느 괜찮은 집 하녀이거나, 근처에서 일하는 종업원인 듯했다.

세자리오는 별안간 아랫배에 힘이 들어가며 욕정이 솟구쳤다.

"오늘은 저년으로 찍었다!"

"역시 취향 한번 독특하다니까!"

그레고리가 혀를 차더니 고개를 끄덕이며 신호를 보냈다. 그러자 그들의 호위들이 약속이라도 한 듯 재빠르게 움직였다. 남들의 시선을 피해 자연스럽게 대상을 에워싼 것이다.

그리고 주위에 오가는 사람이 줄어들자 순식간에 입을 틀어막고 으슥한 곳으로 끌고 사라졌다.

손발이 척척 맞는 게 한두 번 해 본 솜씨가 아니었다. 비명은커녕 애초에 사람이 있었었나 싶을 정도로 완벽한 납치였다.

4.

리타는 심장이 덜컥 내려앉았다. 데스 형제들과 함께 거리 구경을 나섰다가 낮에 봐 둔 물건이 생각나서 잠시 사러 가는 길이었는데, 그것이 실수였음을 깨닫는 데는 그리 오랜 시간이 걸리지 않았다.

'도련님! 데스 씨!'

있는 힘껏 발버둥을 쳐 봤지만, 도무지 벗어날 수가 없었다. 입에서도 아무런 소리가 나오지 않았다.

'이럴 줄 알았으면 다들 먹을 때까지 그냥 기다릴걸!'

후회해 봤자 이미 늦었다. 먹을 것에 정신 팔린 데스 형제들에게 잠깐 다녀오겠다고 먼저 말한 건 그녀였다. 가게가 바로 근처인 줄 알고 그랬는데, 막상 길을 나서고 보니 거리가 제법 떨어진 것이 문제였다.

생전 처음 겪어 보는 상황에 어느새 리타의 눈에는 그렁그렁 눈물이 맺혔다. 너무나 무서웠다.

"여기가 좋겠군."

리타가 끌려온 곳은 어느 빈 창고였다. 쓰레기가 널려 있는 데다 퀴퀴한 냄새까지 나는 곳으로, 빛이라고는 더러운 창을 통해 흘러들어 오는 달빛뿐이었다.

"다, 당신들 누구세요! 나한테 왜 이러는 건데요!"

바닥에 내팽개쳐진 리타는 너무 놀라 고통도 느끼지 못했다. 그녀가 다급히 일어나 뒤로 물러나며 앙칼지게 소리쳤다.

"내가 누군지는 알 거 없고. 넌 그냥 옷이나 벗으면 돼."

"키킥, 내 몫도 남겨 둬라."

겉옷을 벗어 던진 세자리오가 리타에게로 천천히 걸어갔

다. 그리고 그제야 리타는 자신이 왜 여기까지 끌려왔는지를 깨닫게 되었다.

"다, 당신들! 내가 누군지 알아? 우리 도련님이 아시면 당신들 죄다 죽은 목숨이라고!"

"뭐야, 이제 보니 먼저 맛본 놈이 있는가 본데?"

"씨발, 재미가 좀 떨어지겠네. 이년도 그냥 끝나고 죽여 버려야겠다."

볼일이 끝나면 몇 푼 쥐여 주고 보낼 참이었는데, 생각이 바뀌었다. 이런 년은 꼭 뒤탈이 생기기 마련이다. 귀찮은 일을 피하려면 깔끔하게 처리하는 게 답이다. 개중에서도 땅에 묻는 게 최고였고.

"나, 나를 죽이겠다고요? 그러고도 댁들이 무사할 수 있을 줄 알아요?"

"응, 당연하지. 그러니까 지금도 이러고 있잖아. 네 도련님이 얼마나 대단한지는 모르겠지만, 너무 기대하지 마. 여기선 내가 곧 법이거든."

세자리오의 입가가 사악하게 비틀렸다. 겁에 질린 계집의 얼굴을 보고 있으니 다시금 욕망이 피어올랐다.

"참고로 난 반항을 하면 할수록 좋아해."

그의 무자비한 손길이 리타의 멱살을 틀어쥐었다. 지독한 술 냄새가 코를 찔렀다.

'어, 어떡하지? 몸이 말을 듣지 않아!'

리타는 그야말로 공황 상태였다. 반항을 해야 하는데 몸이 덜덜 떨리기만 했다. 더 이상 말도 나오지 않았다.

"소리라도 질러야지, 뭐 하는 거야?"

순간 짜증이 치솟은 세자리오가 리타의 뺨을 후려쳤다.

"꺄악!"

그녀의 작은 몸이 다시금 바닥에 내동댕이쳐졌다. 잡혀 있던 멱살 때문에 그 충격으로 상의가 찢어지고, 안경이 벗겨지며 어디론가 날아갔다.

콰앙!

별안간 창고의 한쪽 벽면이 무너진 것은 그때였다. 휘날리는 먼지 사이로 검은 인영 넷이 뚜벅뚜벅 안으로 걸어 들어왔다.

"콜록콜록!"

"캬악, 퉤! 뭐야, 이것들은?"

세자리오와 그레고리가 기침을 토하며 소리쳤다.

"그러는 네놈들은 뭐 하는 것들인데?"

아고스가 손을 한 번 휘젓자 순식간에 먼지가 사라지며 창고 안이 훤하게 드러났다.

"스승님!"

그리고 바닥에 쓰러진 리타를 발견한 바르와 아몬이 황

급히 달려가 그녀를 부축하며 일으켰다.

"감히 리타에게 손을 대?"

데스는 작금의 상황을 믿을 수가 없었다. 먹거리에 빠져 잠시 한눈을 판 것은 스스로도 인정했다. 하지만 그 짧은 사이에 이런 일이 생길 거라고는 정말 상상도 하지 못했다.

일전에 자레드의 일로 리타에게 마력을 심어 놨길 망정이지, 안 그랬으면 어쩔 뻔했단 말인가.

리타가 잘못되었을 수도 있겠다고 생각하자 피가 거꾸로 솟는 기분이었다.

고오오오—

주변의 공기가 일시에 달라졌다. 이건 도저히 참을 수 없었다. 데스의 까만 눈동자가 핏빛으로 물들며 그에게서 검은 기운이 스멀스멀 피어올랐다. 놈들은 물론이고, 아예 이 주변을 전부 잿가루로 만들 참이었다.

"데스!"

바율과 친구들이 도착한 건 그때였다. 템페스타 덕에 친구들의 위치를 알아낸 바율이 녀석들과 함께 리타를 찾아온 것이다.

"…바율?"

술이 잔뜩 취한 상태지만 세자리오가 바율을 알아보았다. 그리고 그건 바율 역시 마찬가지였다.

캔자스로 오면서 아주 잠시 떠올리긴 했지만, 사실 그를 이렇게 만나게 될 거라고는 예상하지 못했다. 엮여서 하등 좋을 게 없는 부류임을 너무나 잘 아는 탓이다.

"무슨 일입니까? 이게 다 어떻게 된 거죠?"

"그건 내가 묻고 싶은 말인데. 네가 대체 여기에 왜 있는 거지?"

"도련님!"

그때 정신을 차린 리타가 울먹거리며 바율을 불렀다.

"리타! 왜 울어? 무슨 일이야?"

리타가 누군가에게 끌려갔다는 말만 들었지, 무슨 일을 당했는지는 그는 물론 친구들도 모르는 상태였다.

"얼굴이 왜 이래? 설마 맞은 거야?"

붉게 달아오른 뺨이 흐린 달빛 아래에서도 선명하게 보였다.

"너 옷이⋯⋯!"

그제야 리타의 찢긴 상의가 바율의 눈에 들어왔다.

"하하, 저 계집의 도련님이 바율 너였냐? 나보다 먼저 재미를 본 게 너였어? 순둥이인 줄 알았는데 의외네?"

"⋯재미?"

바율이 재킷을 벗어 리타의 어깨에 둘러 주고는 천천히 세자리오를 향해 돌아섰다.

"바, 바율?"

그런데 어째서일까.

함께 온 일라이가 갑자기 말을 더듬거리며 뒤로 물러섰다. 그도 그럴 것이, 엄청난 마력이 바율에게서 흘러나오고 있었기 때문이다.

그 힘이 얼마나 큰지 마신인 데스와 그의 형제들까지 놀랄 정도였다.

"형님, 뭔가 이상합니다."

"마력이 맞는 것 같긴 한데…… 다른 기운도 함께 느껴집니다."

아몬의 미간에 굵은 주름이 팼다.

"자칫 잘못하다간 여기 일대가 전부 날아가겠는데요."

"갑자기 어디서 이런 힘이……."

세자리오를 당장이라도 죽일 듯 굴던 데스가 덕분에 이성을 되찾게 되었으니, 어찌 보면 잘된 일이었다. 바율을 향한 그의 입가가 재미있다는 듯 실룩거렸다.

"전대 정령왕의 기운이 드디어 깨어나는 것인가."

그 계기가 인긴에 내한 분노라니, 이 또한 데스에겐 대단히 흥미로웠다.

"다시는 같은 짓을 할 수 없게 만들어 주지."

바율의 음성이지만, 바율이 아닌 자의 음성 같기도 했다.

그 말이 끝남과 동시에 세자리오가 비명을 터뜨렸다.

"끄아아악!"

우두둑. 소름 끼치는 소리가 연이어 들리며 녀석의 허리가 이상한 각도로 휘어졌다. 털썩거리며 바닥에 주저앉은 세자리오가 고통에 몸부림을 쳐 댔다.

"내, 내 다리!"

불로 지지는 듯한 통증이 뼈 마디마디에서 느껴졌다. 다리가 뜻대로 움직이질 않았다. 신경 손상으로 하반신에 마비가 온 것이었지만, 극심한 괴로움에 미처 거기까지는 자각하지 못했다.

"세, 세자리오!"

그레고리는 술이 확 깼다. 대관절 갑자기 세자리오가 왜 이러는지 무섭고 두려웠다.

"당장 녀석을 데려가지 않으면 너희도 똑같이 만들어 주겠다."

바율이 경고하자 그레고리와 호위병들이 허겁지겁 세자리오를 둘러업고 창고를 빠져나갔다.

"바율!"

그리고 다음 순간, 바율이 의식을 잃으며 그대로 쓰러졌다.

5.

"무슨 일인가?"

바율의 명대로 각자의 방에서 따뜻한 욕조 속에 몸을 넌 채 휴식을 취하고 있던 이언과 맥이었다. 그들은 만월 기사 단의 갑작스러운 노크 소리에 머리도 말리지 못한 상태로 문을 열었다.

"란데르트 백작님!"

그런 둘의 눈에 마침 퀸에게 업혀 방으로 들어가는 바율의 모습이 잡혔다.

"어떻게 된 거지?"

이언의 목소리가 대번에 달라졌다. 분명 단원들에게 도련님을 잘 살피라 당부했거늘, 자신은 여태 도련님이 외출하셨다는 사실도 모르고 있었다. 수하들이 당연히 보고해야 할 사항을 알리지 않은 것이다.

"저희도 몰랐습니다. 죄송합니다."

하나 당황스럽기는 그들도 마찬가지였다. 분명 복도에서 문 앞을 지키고 있었는데 언제 나가셨는지, 귀신이 곡할 노릇이었다.

"책임은 이따가 묻기로 하겠다."

지금은 바율의 안위를 살피는 것이 우선이었다. 이언이

뛰어가는 맥의 뒤를 황급히 따랐다.

"어떻게 된 겁니까? 좀 전까지만 해도 멀쩡하셨던 분이 왜 기절해 계시냐는 겁니다."

"저도 이제 알아보려던 참입니다."

다행히 침대에 누워 있는 바율의 안색은 그리 나쁘지 않았다. 하지만 맥은 그를 모시는 보좌관으로서 사태의 정황을 샅샅이 알아야만 했다.

"데스, 혹시 자네가 도련님을 모시고 간 건가?"

"아니! 내가 데려갔는데?"

이언의 물음에 답한 건 템페스타였다. 창가에 앉아 있던 녀석이 휙 날아와 고백했다.

"바율이 친구들 좀 찾아 달라고 부탁했었거든. 그래서 내가 금방 녀석들을 발견했는데, 급한 일이 터져서 나간다고 말할 새가 없었어."

"…급한 일?"

"저 때문이에요! 흐흑, 도련님께서 저 때문에 저렇게 되신 거예요. 어떡해요, 우리 도련님……!"

돌연 리타가 울음을 터뜨리자 이언과 맥은 어리둥절했다. 이언이 아무나 좋으니 제대로 설명 좀 해 달라는 눈빛을 보내자 결국 에이단이 나섰다.

"약속 장소에서 바율을 기다리고 있었는데, 혼자 길을

걷고 있는 리타를 보았습니다. 근데 리타의 뒤를 수상한 놈들이 몰래 쫓고 있더라고요."

"수상한 놈이요?"

"네, 그래서 우리도 쫓아갔죠. 혹시라도 나쁜 일이 생기면 안 되니까요. 그때 템페스타가 우릴 발견해서 바율을 데리고 온 겁니다."

"아, 그러니까 리타 양에게 무슨 일이 생길지도 모르는 긴박한 상황이라서 저희에게 알리지 못하고 급히 가시게 되셨다는 말씀이군요."

"네, 정리하면 그렇습니다."

"한데 리타 양은 데스 경과 함께 나갔는데, 어째서 홀로 길을 걷고 있던 거죠?"

날카로운 맥의 질문에 데스와 그의 형제들은 약속이라도 한 듯 동시에 어깨를 움찔거렸다.

"그거야, 보나 마나 뻔한 일 아닙니까? 저들이 먹을 것에 정신 팔려서 그랬겠지요."

일라이가 한심하다는 듯 마족들을 쳐다보자 데스를 제외한 녀석들이 슬그머니 그 눈길을 피했다.

그때 리타가 울먹거리며 말했다.

"데스 씨와 형제분들은 아무 잘못 없어요. 제가 먼저 혼자 다녀오겠다고 한 거예요. 가까운 줄 알고 금방 갔다 올

생각이었는데, 밤길이라서 길을 착각했었나 봐요."

"아닙니다, 스승님! 제가 잘못했어요! 스승님을 안전하게 보필했어야 했는데, 정말 죄송합니다!"

바르가 덩치에 어울리지 않게 닭똥 같은 눈물을 뚝뚝 흘리며 리타에게 사과했다. 한 번도 아니고 두 번이나 리타를 위험에 처하게 했으니, 스스로 죽어 마땅하단 생각마저 들었다.

"그러게 밖에 나오면 정신 똑바로 차리라고 했지? 내가 대비를 해 놨기에 망정이지, 안 그랬으면 어쩔 뻔했어? 리타에게 무슨 일 터졌으면, 너희는 오늘 나한테 다 뒈지는 거였어! 알아?"

데스의 일갈에 마족 셋의 고개가 한없이 아래로 떨구어졌다. 변명의 여지가 없었다.

"아직 도련님이 왜 이런 상태가 되셨는지에 대해선 말씀하시지 않았습니다."

이언의 말에 에이단이 잠시 리타의 눈치를 살피더니 가까이 다가가 최대한 소리를 낮추고 말했다.

"리타를 쫓던 놈들이 험한 짓을 하려고 했었던 모양입니다."

"험한 짓……!"

그게 뭔지는 굳이 물을 필요도 없었다. 이언과 맥의 얼굴이 분노로 일그러졌다.

"예, 그걸 알고 바율이 꼭지가 돈 것 같았어요. 다시는 같은 짓을 할 수 없게끔 만들어 주겠다면서…… 뭘 어떻게 한 건지는 모르겠지만, 갑자기 말짱하게 서 있던 세자리오 놈의 허리가 뒤틀리더니 미친 듯이 비명을 지르는 겁니다."

"…허리가 뒤틀렸다고요?"

"네, 이후로 다리가 말을 안 듣는지 일행에게 질질 끌려갔어요. 그 순간에는 꼭 바율이 아닌 것 같았다니까요."

"큰 힘을 사용한 탓인지, 그러고 나서 의식을 잃고 쓰러졌습니다. 맥박은 정상이니 곧 깨어날 거예요."

퀸에겐 치료 능력이 있었다. 그런 그가 그렇게 말하니 그제야 조금은 안심이 된다. 그러나 안도하는 이언과 달리 맥의 표정은 여전히 굳은 상태였다.

"에이단 도련님, 조금 전에 세자리오라고 말씀하셨습니까?"

"네, 맥 보좌관님. 그 자식, 드로우 후작가의 차남 맞죠?"

"이미 아는 사이셨습니까?"

"그냥 안면 정도만 있습니다. 황궁에서 본 적이 있거든요."

"이언 경, 아무래도 문제가 생길 것 같습니다."

맥의 말에 이언은 물론, 친구들과 리타까지 긴장하며 그를 바라봤다. 함께 지낸 지 몇 달 안 되었지만, 이제는 다들 그가 신중하고 영리한 사람이라는 걸 알기 때문이다.

"여기는 드로우 후작가의 영지입니다. 남의 땅에 와서, 그 땅의 주인인 후작의 아들에게 부상을 입혔으니 절대 가만히 있지 않을 겁니다."

"시비를 건 건 그 자식이 먼저인데요? 리타를 납치하지 않았습니까!"

"그런 건 중요하지 않습니다. 결론적으로 리타 양에겐 아무 일도 일어나지 않았으니까요. 오히려 란데르트 백작님을 가해자로 몰아세울 수도 있습니다."

"우리 도련님이 가해자라고요? 말도 안 돼요!"

리타가 눈물을 훔치며 소리를 질렀다.

"그 나쁜 자식이 날 납치해서 범하려고 했어요! 그리고 죽일 생각이었다고요! 날 때리면서 여기선 곧 자기가 법이라고 하더니, 자기는 이런 행동을 해도 무사할 거라고 자랑처럼 말했어요. 분명 오늘 같은 짓을 한두 번 저지른 게 아닐 거예요!"

"…한두 번 저지른 게 아닌 것 같다……?"

맥의 눈매가 순간 가늘어졌다.

"아랫사람들 건드리는 못된 귀족들이 있다는 거, 저도 들어서 알아요. 그래서 우리 도련님이 얼마나 좋으신 분인지도 더 잘 아는 거고요. 도련님은 그냥 저를 지켜 주신 것뿐이에요!"

바율이 곤경에 처하기라도 할까 봐 겁이 나는지 리타가 연신 목소리를 높였다.

"이언 경, 제가 아까 낮에 했던 이야기 기억하십니까?"

"무슨 얘기 말인가?"

"캔자스시에서 어린 소녀들이 사라지고 있다는 것 말입니다."

"으잉? 여자아이들이 사라진다고요? 왜요?"

처음 듣는 얘기에 친구들이 끼어들자, 맥이 짧게 설명해 주었다.

"헐! 근데 지금 그 얘길 꺼내신다는 건, 설마 맥 보좌관님은 그게 세자리오 놈의 짓일 수도 있다는 겁니까?"

"아직은 추측일 뿐입니다. 한두 번 해 본 것 같지가 않았다는 리타 양의 말이 아무래도 신경이 쓰여서요."

"상대는 드로우 후작가의 차남이네. 섣불리 건드렸다간 낭패를 당할 수도 있어."

"드로우 후작은 성정이 매우 불같은 자입니다. 아들을 그렇게 만든 자를 반드시 찾아내 보복하려고 할 겁니다. 이곳 위치가 드러나는 건 시간문제겠지요. 저희도 그 전에 뭔가 대책을 강구해야 합니다."

무력 다툼이라도 벌어진다면 일이 커질 수 있다. 해밀턴에 당장 연락을 넣는다고 해도 란데르트 공작이 오기까지는 시간이 부족했다.

"세자리오인지 뭔지 하는 놈이 그간 나쁜 짓을 했다고 치고, 우린 그 증거를 찾으면 된다. 뭐, 그런 뜻인 거죠?"

"드로우 후작에게 맥없이 당할 수는 없으니까요."

"그럼 전 상단을 좀 다녀와야겠습니다."

"상단?"

"응, 여기에도 우리 지점이 있거든. 너네, 상인들의 정보력이 얼마나 빠른지 모르지? 내가 가서 뭔가 좀 들어 보고 올게. 분명 도움이 될 만한 게 있을 거야."

이러고 있을 시간이 없었다. 에이단이 일어나자 일라이가 함께 가자며 따라 일어섰다. 이언은 속히 둘에게 만월 기사단을 붙여 주었다.

"템페스타, 부탁 하나만 해도 될까?"

"…네가 나한테?"

뜬금없는 퀸의 부름에 템페스타가 생각지도 못했다는 듯 고개를 갸웃했다.

"응, 바율을 돕기 위해서라고 생각해 줬으면 좋겠는데."

퀸은 차마 바율을 혼자 둘 수 없어 친구들을 따라가지 못했다. 하지만 그렇다고 가만히 있자니 뭔가 속이 답답했다.

"뭔데? 말해 봐."

인어족인 퀸은 이노센트와 절친한 사이였다. 이노센트와 앙숙인 템페스타에게는 당연히 달갑지 않은 존재였다. 하지만 바율을 위한 거라고 하니 무시하기도 좀 그랬다.

"이 도시에서 어린 소녀가 사라진 집들이 어디인지 찾아 줄 수 있지? 전부는 아니더라도 말이야."

"그거야, 그런 말소리가 들리면 알 수는 있지. 별로 어려운 건 아니야."

"바율이 깨어나면 고마워할 거야."

템페스타와 알고 지낸 지도 벌써 1년이 됐다. 이쯤 되니 퀸도 녀석을 어떻게 다뤄야 하는지 대충은 알고 있었다.

"진짜지? 알았어, 금방 돌아올게!"

바율에게 칭찬받을 생각에 기분이 좋아진 템페스타가 까르르 웃음을 남기고는 창밖으로 슝 날아갔다.

"이언 경, 저희는 정보 길드에 좀 갔다 오는 게 어떻겠습니까?"

"여긴 제가 있을 테니 다녀오세요. 데스도 있으니 아무 일 없을 겁니다."

이언은 바율의 수행 기사였다. 깨어날 때까지 옆에 있는 것이 마땅하나, 뭐라도 건지려면 직접 움직여야 하는 상황이었다.

"데스, 이번엔 한눈팔지 말게."

이언의 말에 데스가 알겠다는 듯 말없이 고개만 끄덕였다.

"그리고 리타 양은 좀 쉬면서 안정을 찾는 게 좋을 것 같습니다. 얼굴에 냉찜질을 하면 붓기가 잘 빠질 겁니다."

"제가 알아서 돌볼 테니 걱정 마세요."

퀸이 손가락을 들어 대양의 눈을 보여 주자 이언이 바로 수긍하며 맥과 함께 숙소를 나섰다.

아제 건물 오 층에 남은 건 바율과 퀸, 리타, 그리고 데스 형제들뿐이었다.

퀸은 바율 곁에 콕 붙어서 기도하는 리타의 머리에 잠시 손을 가져다 댔다. 그러자 붉게 달아올랐던 뺨이 그녀도 모르는 사이에 멀쩡해졌다. 대신 퀸의 안면에 홍조가 피듯 붉은 기운이 올라왔지만, 그것은 이전과 달리 매우 빠르게 사라졌다.

"으음……."

바율이 깨어난 것은 그때였다. 녀석의 감긴 눈이 천천히 떠지며 서서히 초점이 잡혔다.

"도련님! 이제 괜찮으세요?"

겨우 진정했던 리타가 바율이 눈을 뜨자 또다시 펑펑 울기 시작했다.

"죄송해요! 제가 한눈을 파는 바람에…… 흐흐흑!"

자책감에 계속 사과하는 녀석의 머리를 바율이 누운 채로 웃으며 쓰다듬었다.

"난 괜찮으니까, 울지 마. 누가 보면 초상이라도 난 줄 알겠다."

"정말 안 아프신 거 맞아요?"

"그럼. 나 엄청 튼튼해졌다니까. 그치, 퀸?"

퀸에게 동의를 구하며 몸을 일으킨 바율은 에이단과 일라이가 보이지 않자 의아해했다.

"근데 다른 녀석들은?"

퀸은 바율이 잠들었던 동안 벌어졌던 일에 대해 간략하게 설명해 주었다. 사라진 소녀들의 원흉이 세자리오일지도 모른다는 가설에 바율은 너무 놀라 할 말을 잃었다.

그때, 벽에 비스듬히 기대 있던 데스가 바율에게 물었다.

"지금 기분은?"

"아, 네…… 뭐, 괜찮습니다."

"전대 정령왕의 기운이 깨어났는데, 그냥 괜찮다고?"

"…뭐가 깨어났다고요?"

"설마 아까 일을 기억 못 하는 건 아니지?"

당연히 기억하고 있다. 세자리오가 리타에게 한 짓 때문에 생애 처음 엄청난 분노를 느꼈다. 녀석이 다시는 허튼짓을 하지 못하도록 하반신을 불구로 만들기까지 했다.

자, 잠깐!

근데 내가 무슨 힘으로 그런 짓을 한 거지?

선 행동, 후 자각의 부작용이 바율을 강타하며 한동안 녀석을 혼란의 도가니에 빠져들게 했다.

Chapter 9.
바율의 분노

1.

캔자스시에서 캐링스턴 상단의 지점을 찾는 일은 그리 어렵지 않았다. 제국을 넘어 대륙 곳곳에 퍼져 있는 다국적 상단답게 번화가 중에서도 가장 비싼 노른자 땅에 떡하니 자리하고 있었기 때문이다.

제법 늦은 시간이었지만, 아직까지 불이 환하게 켜져 있는 것으로 보아 이곳 역시 캐링스턴의 본점만큼이나 바쁘게 돌아가는 듯했다.

"에이단? 라이?"

에이단과 일라이가 건물 안으로 막 들어서려는 참이었다. 뒤에서 익숙한 목소리가 그들을 붙들었다.

"…로건?"

돌아보니 까만 정장 차림의 로건이 친구들을 황당하다는 듯 바라보고 있었다.

"이제 도착한 거냐? 빨리도 왔다!"

"무슨 소리야. 난 아까부터 와서 너희들 기다리고 있었는데."

"엥? 그랬어?"

"아무도 안 나타나서 호위 기사들을 돌려보내지도 못하고 있었어. 근데 너희는 여기서 뭐 하는 건데? 약속 장소는 저기잖아."

로건이 가리키는 건 캐링스턴 상단 지점의 맞은편 건물이었다.

"석양이…… 보이는 집?"

간판을 읽어 내려가는 에이단과 일라이의 표정이 동시에 구겨졌다. 그들이 바율을 기다렸던 곳은 '석양이 머무는 집'이었다.

그런데 알고 보니 바율이 명시한 곳은 '석양이 내리는 집'이었고.

"뭔 놈의 이름들을 죄다 이렇게 지었대? 어디 헷갈려서 사람 제대로 만나겠냐? 작명 센스가 이렇게 없어서야, 원!"

"갑자기 뭔 말이야, 그게?"

"설명하자면 기니까 나중에 얘기하고, 일단 따라오기나 해라. 지금 우리 좀 급하거든."

로건까지 만났으니 일행은 다 모였다. 에이단이 빠르게 손짓하며 상단 입구의 문을 열었다. 만월 기사단은 바깥에서 대기했다.

"죄송하지만 오늘 영업은 끝났습니다. 내일 오전에 다시 찾아와 주시겠습니까?"

늦은 시각이니 당연히 이럴 거라 생각했다. 에이단은 당황하지 않고 자신을 소개했다.

"캐링스턴에서 왔습니다. 지점장님을 좀 만나 뵐 수 있을까요?"

"…캐링스턴에서 오셨다고요?"

"네, 에이단 슈 레오네트라고 합니다."

"앗! 처음 뵙겠습니다. 전 로사라고 합니다. 잠시만 기다려 주세요!"

캐링스턴 상단에서 일하는 사람이라면 레오네트, 이 네 글자를 모르려야 모를 수가 없었다. 더욱이 에이단은 방계도 아닌 직세 혈봉이었다.

로사라는 직원이 뭐라고 전달을 했는지는 모르겠지만, 얼마 지나지 않아 풍채가 의젓한 중년 사내가 화급히 뛰어나왔다.

"에이단 도련님! 여긴 어쩐 일이십니까!"

"어라? 스페이드 아저씨! 아저씨가 여기 지점장이셨어요?"

다행인지 어쩐 건지 이곳 지점장은 에이단과 구면이었다. 한때 캐링스턴 본가에서 자주 봤던 사이로, 에이단의 기억에는 사업 수완이 좋아 할아버지의 신임을 꽤 받았더랬다.

"재작년에 부임했습니다. 그나저나, 여행 중이십니까?"

아카데미가 방학을 했으니 그럴 법도 하지만, 스페이드는 레오네트 백작이 손자에게 일을 얼마나 지독하게 시키는지 잘 아는 사람이었다.

"아니면 혹시…… 회장님 몰래 도망 오신 겁니까?"

"몰래는 아니지만, 할아버지를 피할 겸 왔으니 아주 틀린 말도 아니네요."

바율이 아니었다면 이번에도 꼼짝없이 집에 잡혀서 온종일 일만 했을 것이다. 그렇지 않을 수 있어서 정말이지 천만다행이었다.

"실은 급하게 여쭤보고 싶은 게 있어서요. 아, 여긴 일라이, 로건. 제 친구들이에요. 늦은 시간에 죄송하지만, 잠시 시간 좀 내주실 수 있으세요?"

"아이고, 그럼요! 당연하죠! 어서 안으로 들어오십시오!

제가 아는 한에서는 뭐든 말씀드리겠습니다!"

스페이드 지점장이 직원에게 차를 내오라 지시하며 자신의 집무실로 일행을 데려갔다.

"시간이 없어서 바로 본론으로 들어갈게요."

차가 나오기도 전, 에이단은 자리에 앉자마자 용건부터 꺼냈다.

"세자리오라고 아시죠?"

"…드로우 후작가의 차남 말입니까?"

"아저씨 눈빛을 보니 어지간히도 평판이 안 좋은 놈인가 봅니다. 뭐, 대충 예상은 했습니다만."

"도련님께서도 그리 말씀하시니 솔직히 고해도 되겠군요. 나이도 어린 녀석이 어찌나 지저분하게 노는지, 알 만한 사람은 다 압니다. 그저 쉬쉬할 뿐이지요."

드로우 후작가는 대단한 권세를 자랑하는 가문이었다. 캔자스시에서 후작가의 눈 밖에 나게 되면 집안이 풍비박산 나는 것은 당연하고, 목숨을 부지하기도 어려웠다.

"어린 소녀들이 사라지고 있다는 얘기를 들었습니다. 그게 혹시 놈과 관련이 있을까요?"

"그걸 어째서 도련님께서 물으시는 겁니까? 여긴 캐링스턴이 아니라 캔자스입니다. 그에 대해 파고드시면 도련님이 위험해지실 수도 있어요!"

"제게는 왜 그 말이 관련이 있다는 걸로 들릴까요?"

에이단이 빙그레 웃자 스페이드 지점장이 다시 한번 말렸다.

"뭐든 하지 마십시오. 만일 이런 얘기가 드로우 후작에게 들어가면 난리가 날 겁니다. 세자리오와는 비교할 수 없을 만큼 악랄하고 지독한 자입니다!"

"악랄하다고요?"

"후우! 지금 캔자스에서는 오랜 가뭄과 한파로 인한 가난과 굶주림을 이겨 내지 못하고 목숨을 끊는 이들이 부지기수입니다. 그런데 영주라는 사람이 그런 이들을 구제는 하지 못할망정, 되레 가장 중요한 식량인 밀을 매점매석하여 부당 이득을 취하고 있습니다. 높은 이자로 고리대금업까지 장악한 건 더 말할 나위도 없고요. 그 와중에 세율은 또 캐링스턴의 두 배나 됩니다. 한마디로 갖은 항목으로 영지민들의 재산을 탈탈 털어 가는, 아주 전형적인 탐관오리이지요."

"그 자식에 그 아비라더니. 부자가 쌍으로 쓰레기네요."

창고에서 잠시 마주쳤던 것만으로도 비호감의 정수를 보여 주었던 세자리오다. 그런데 녀석의 아비인 드로우 후작역시 그보다 더하면 더했지, 결코 덜하지 않았다.

"이 정도면 황궁에서 감사가 나와야 하는 거 아닙니까?"

로건은 들으면 들을수록 참기가 힘들었다. 어떻게 그런 자가 버젓이 영지를 다스린다는 것인지 믿을 수가 없었다.

"그러기에는 그간 황실에 여력이 없었습니다. 란데르트 공작 전하의 아드님이 비를 내리시기 전까지만 해도 황도가 가뭄으로 말라 가고 있질 않았습니까? 하여, 나라 핑계를 대며 거두는 것은 늘었는데, 정작 감시는 소홀해졌으니 지방의 영주들이 부를 축적하기에는 이보다 더한 호재가 없지요. 제국의 모든 영지가 캐링스턴처럼 살기 좋은 곳은 아니랍니다."

원래 살기가 어려워질수록 부정부패는 심해지는 법이었다.

"이제 곧 바율이 제국 곳곳을 살기 좋은 곳으로 만들 겁니다. 그때가 되면 드로우 후작부터 처리하라고 제가 부탁해야겠어요!"

"그 전에 오늘 일부터 해결해야 한다는 거 잊지 마라."

흥분한 에이단에게 일라이가 세자리오의 일을 재차 상기시켰다.

"대체 무슨 일인데 그래? 나한테도 얘기를 해 줘야 돕든가 말든가 하지."

다짜고짜 끌려와 드로우 후작의 악행만 들은 로건이었다. 녀석의 말에 에이단과 일라이가 이제껏 있었던 사건에 대해 짤막하게 설명했다.

"그럼 바율이 지금 기절해 있단 소리야?"

역시 이 대목에서 제일 화를 낼 줄 알았다. 로건이 벌떡 일어나더니 당장 바율에게 안내하라고 성화를 부렸다.

"야, 퀸이 옆에 있다니까? 잠시 후면 깨어날 거라고 했어! 우리가 여기 온 건, 사라지는 소녀들에 대해서 듣기 위해서야!"

그러니 어서 말씀해 주세요.

에이단이 커다란 눈망울을 들어 스페이드 지점장을 똑바로 마주 보았다. 말해 주기 전까지는 결코 물러서지 않겠다는 강한 의지의 표명이었다.

잠시 망설이던 지점장은 하는 수 없이 입을 열었다.

"저도 자세하게는 잘 모릅니다만…… 소문에 세자리오 그놈이 또래 소녀를 건드리는 게 취미라고 합니다. 가난한 집 여자아이들에게 돈 몇 푼 쥐여 주고는 그런 짓을 하고 다닌다더군요."

"그러다 반항하거나 거부하는 아이가 생기면 죽인다는 건가요? 그 아이들이 사라진 소녀가 되는 것이고요?"

"…다들 없는 형편이다 보니 돈 앞에서 굴복할 수밖에 없습니다. 처참하게 유린을 당해도, 죽음을 맞아도 먹고살 돈을 주면 입을 닫는 것이죠. 물론 굴복하지 않고 따지고 항의하는 이들도 있긴 합니다만, 계란으로 바위를 치는 격이 아니겠습니까?"

"와, 이 새끼 어떻게 죽여 버리지?"

어째 자레드보다 더한 인물을 만난 듯했다.

"일단 지금은 바율에게 가자. 어떻게 할지는 그다음에 정해도 되잖아."

들어야 할 이야기는 다 들었다. 적어도 오늘 밤 안으로 모든 걸 결정해야 한다. 내일 아침 당장 드로우 후작이 노발대발하며 찾아올 수도 있었다.

"에이단 도련님, 제가 캐링스턴으로 연락을 넣겠습니다."

스페이드 지점장이 불안해하며 말했지만, 에이단은 고개를 저었다.

"그러실 필요 없어요, 아저씨. 엄청나게 강한 사람이 일행으로 있답니다. 할아버지도 그래서 안심하고 절 보내 주신걸요."

"…그렇습니까?"

"네, 말씀 감사했어요! 다음에 캐링스턴에 오시면 보답하겠습니다."

에이단의 인사를 끝으로 친구들은 서둘러 숙소로 향했다.

"…석양이 내리는 집?"

"이제 뭐가 잘못됐는지 알겠냐?"

건물 입구에서 간판을 발견한 로건은 그제야 자신이 장소를 착각했음을 알아차렸다. 바율의 편지를 세 번이나 정독하고서도 혼동을 했다는 데 자괴감마저 들었다.

"이건 내 생각인데, 다른 이름도 있을 것 같지 않냐?"

"붙일 만한 게 많긴 하지. 석양이 내리쬐는 집, 석양이 타는 집, 석양이 지는 집, 석양이 깔리는 집, 기타 등등. 당장 생각나는 것만 해도 엄청 많다."

"고로 이건 우리 잘못이 아니야. 바율이 장소를 잘못 정한 거라고. 안 그러냐?"

"그렇지!"

고개를 격하게 끄덕이는 일라이와 달리 로건의 목은 뻣뻣했다. 그에 친구들이 노려보자 그가 시선을 슬쩍 피하며 달빛을 올려다보았다.

두두두두!

땅이 흔들리기 시작한 것은 그때였다. 어디 전쟁이라도 터졌는지, 떼 지은 말발굽 소리가 한밤중에 대지를 울렸다.

"설마……!"

만월 기사단 중 한 명이 즉시 엎드려 바닥에 귀를 대었다. 그런 그의 표정이 심상치 않게 변했다.

일행은 잡담을 멈추고 헐레벌떡 오 층으로 뛰어 올라갔다.

"바율!"

"어, 애들아! 왔어?"

깨어난 바율에게 반갑게 인사할 새도 없었다.

"바율, 이 진동 소리 들려?"

"응, 좀 전에 셰임에게 이미 들었어."

땅의 정령인 셰임을 통해 바율은 상황을 미리 알고 있었다. 이 사태를 어떻게 해결해야 할지 이언과 맥과 함께 논의 중이었다.

"죄인 바율은 당장 나와서 오라를 받아라!"

잠시 후, 숙소 밖에서 누군가 큰 목소리로 바율을 불러냈다. 예상은 했다만 상대의 뻔뻔함에 기가 찼다.

"저것들이 진짜 죽으려고 환장했나? 누구보고 죄인이래?"

"아무리 자기네 땅이라고 하지만, 특무대신에게 감히 이래도 되는 거야?"

어째 당사자인 바율보다 친구들이 더 열 받은 눈치였다. 이언과 맥 역시 얼굴에 노기가 서려 있었다.

"나오라는데, 나가 볼까요?"

기이하게도 바율은 화가 나지 않았다. 자신이 잠들었던

사이 일행들이 조사해 온 내용을 듣고 나니 오히려 더 차분해졌다. 흡사 폭풍 전야를 몸으로 느끼는 기분이랄까.

이윽고 바율을 선봉으로 친구들과 맥, 만월 기사단, 리타와 데스 형제들이 차례대로 일 층 바깥에 나왔다.

"아주 군대를 이끌고 오셨구먼."

바율을 잡으러 오면서 기사단에 병사들까지 대동했다. 개중 단연코 가장 눈에 띄는 사람은 드로우 후작이었다.

거대한 말에 올라탄 채로 엄청난 위압감을 풍기며 바율을 노려보는 사내.

그를 향해 바율이 웃으며 여유롭게 인사를 건넸다.

"안녕하십니까, 드로우 후작님. 오랜만에 뵙습니다."

"웃어?"

드로우 후작은 어이가 없었다.

바율이 황도에 비를 뿌리던 날. 그때가 그들의 첫 만남이었다. 심지어 당시엔 그저 먼발치에서 서로 보기만 했을 뿐, 대화도 나누어 본 적 없었다.

그런데 저 친근한 태도는 무어란 말인가?

그는 바율이 자신의 땅에 있다는 것 자체가 마음에 들지 않았다. 정령인지 뭔지 요사스러운 능력으로 관직과 작위를 하사받은 녀석 때문에 헥터 공작이 도당의 의장직에서 물러났고, 그로 인해 자신 역시 여파를 겪는 중이었다.

안 그래도 기분이 저조한 이때, 감히 자신의 허락도 없이 영지에 찾아와 시비를 걸었다?

세자리오를 반병신으로 만들어서 보낸 것은 자신에 대한 도전이자 도발이었다.

"후작님께선 제가 반갑지 않으신 모양입니다. 표정이 매우 언짢아 보이시는군요."

"그 이유를 정녕 몰라서 그러는 것이냐?"

"혹 이런 한밤중에 저를 찾아오신 연유가 아드님 때문입니까?"

"그렇다! 네놈이 감히 나의 땅에서, 나의 아들에게 해코지를 해? 신관의 말이 남은 평생을 혼자서는 걷지도 못할 거라고 하더구나! 척추 부상으로 하반신 불구가 되었단 말이다! 당연히 그에 대한 책임을 질 준비는 되어 있겠지?"

"책임을 져야 한다면 응당 그래야겠지요."

본인이 한 것이 아니라고 발뺌할 줄 알았던 바율이 의외로 순순히 인정하자 드로우 후작의 눈꼬리가 올라갔다. 하지만 바율의 말은 아직 끝나지 않았다.

"그런데 혹시 정당방위라고 들어 보셨습니까?"

"…정당방위?"

"예, 후작님의 아드님이신 세자리오가 제 하녀를 납치한 것으로도 모자라 죽이려 하였습니다. 그 과정에서 어쩔 수 없이 생긴 일이니 정당방위가 아니고 무엇이겠습니까?"

"내가 자리에 없었다고 아주 말을 막 하는구나! 내 아들이 뭐가 아쉬워서 하녀 따위를 납치했단 말이냐! 말을 지어낼 거라면 좀 더 그럴듯하게 꾸며야지, 그게 어디 가당키나 한 소리냐! 그에 반해 네놈이 세자리오에게 악행을 저지른 사실은 여기 이렇게 직접 목격한 이들이 있다!"

드로우 후작이 손가락을 까닥이자 리타를 납치했던 호위 기사들과 그레고리가 앞으로 걸어 나왔다.

"증언은 이미 확보하였다. 마음 같아선 당장 이 자리에서 네놈의 목을 베어 버리고 싶다만, 네 아비를 생각해서 참을 것이니 어서 오라를 받아라!"

기어이 바율을 포승줄에 묶어 가고야 말겠다는 후작의 의지가 엿보였다.

"도련님을 볼모로 잡고 공작 전하를 압박할 심산입니다. 절대 넘어가시면 아니 됩니다."

이언의 걱정 어린 말투에 바율은 안심하라는 듯 부러 미소를 지어 보였다. 예전 같으면 당황하고도 남았을 상황이거늘, 지금은 너무나 태연자약했다.

그런 바율의 모습에 이언은 아무 말도 하지 않았다. 다만 요즘 들어 중간중간 도련님이 다른 사람 같다는 생각이 들고는 할 뿐이었다.

"드로우 후작님께 묻겠습니다."

"……?"

"제 목을 진정 베실 수 있겠습니까?"

"뭐, 뭐라!"

"뒷감당을 하실 수 있겠느냐고 묻는 것입니다."

바율의 물음은 명백한 도발이었다. 드로우 후작의 자존심을 만인 앞에서 뭉개 버릴 뿐 아니라, 자신의 뒤에는 아버지와 황제가 버티고 있음을 당당히 드러내어 위세를 떨치는 것이었다.

"고, 고얀 놈이로다! 어린 것이 특무대신이 되더니 아주 눈에 뵈는 것이 없구나!"

"솔직히 말씀드리면, 저는 후작님께서 제게 고맙다고 하실 줄 알았습니다."

갑자기 미치기라도 한 것이냐?

바율을 바라보는 드로우 후작의 눈빛은 딱 그러했다. 때려죽여도 시원찮을 놈에게 자신이 무슨 감사 인사를 한단 말인가?

"세자리오를 불구로 만들었으니, 캔자스시에서 어린 소녀들이 사라지는 일은 더 이상 없지 않겠습니까?"

"……!"

생각지도 못한 얘기가 바율에게서 흘러나오자 드로우 후

작이 눈에 띄게 당황했다. 소란을 듣고 몰려든 많은 시민 역시 동요하며 웅성거리기 시작했다.

"네놈이 뚫린 입이라고 말을 함부로 지껄이는구나! 감히 증거도 없이 내 동생을 범죄자로 취급하다니, 나 플렉이 절대 용서치 않겠다!"

차앙!

드로우 후작의 옆에 있던 웬 사내 하나가 검을 뽑으며 일갈했다. 세자리오를 동생으로 거론하기도 했지만, 좁은 미간과 튀어나온 광대가 누가 봐도 형제지간임을 알 수 있게 했다.

차앙! 창! 창!

상대가 칼을 뽑았으니 이쪽도 가만히 있을 수 없었다. 무력 규모에서 상당한 차이가 나긴 했지만, 만월 기사단 중 그 누구에게서도 두려운 기색은 일절 보이지 않았다. 이언과 수하들이 검을 곧추세우며 일행을 에워쌌다.

"마, 만월 기사단이다!"

제복은 입고 있지 않았지만 바율의 정체가 이미 밝혀진 이상, 그를 호위하는 기사들이 만월 기사단이리라는 건 어린아이들도 짐작할 수 있었다.

소문으로만 듣던 만월 기사단을 직접 목도하자 감격과 두려움, 선망과 기쁨 등 많은 종류의 시선들이 그들에게로 쏟아졌다.

"하하, 고작 그 인원으로 우리를 상대하겠다?"

플렉이 가소롭다는 듯 코웃음을 치며 드로우 후작을 돌아보았다.

"아버지, 더 이상 말이 통할 것 같지 않습니다. 제가 놈을 끌고 와 아버지 앞에 무릎 꿇게 하겠습니다."

"자신 있느냐?"

수가 적다고는 하나 그래도 만월 기사단이다.

기실 드로우 후작은 적당히 겁만 주고 죄를 물을 생각이었다. 아무리 그가 성질이 불같고 앞을 생각하지 못한다고는 하나, 란데르트 공작의 아들인 바율을 죽일 배짱까지는 없었다.

"아버지께선 구경만 하고 계십시오!"

란데르트 공작이 눈앞에 있는 것도 아닌데, 저깟 것들을 상대하지 못한다면 드로우 가문에 먹칠을 하는 것이었다. 플렉이 눈짓하자 무장한 기사들 몇몇이 말에서 내리며 그의 뒤를 따랐다.

"도련님, 물러나 계십시오."

무력 충돌만은 피하고 싶었는데, 이렇게 된 이상 이언도 어쩔 도리가 없었다. 그가 수하들에게 눈빛으로 명령하며 오랜만에 깊게 숨을 들이마셨다.

"아니요, 이언 경. 여기는 제가 해결하겠습니다."

하지만 그런 이언을 바율이 제지했다. 단호한 그의 말투에 이언뿐 아니라 친구들까지도 의아함을 감추지 못했다. 조금 전부터 느낀 건데, 드로우 후작을 상대하는 바율은 어쩐지 전과는 많이 다른 분위기였다.

"이노센트, 스피넬, 셰임, 템페스타."

바율의 나직한 부름에 사대 정령이 순식간에 허공에 모습을 드러냈다. 갑작스러운 정령의 출현에 놀란 사람들이 여기저기서 비명을 질러 댔다. 자신만만하게 다가오던 플렉도 주춤거리더니 걸음을 멈추었다.

"조금 전 증거가 없다고 하셨습니까?"

"······?"

"만약 그 증거가 제게 있다면 어쩌실 겁니까? 저에 대한 오해를 푸시고, 정당방위였음을 인정해 주시겠습니까?"

플렉이 드로우 후작을 흘깃 쳐다보았다. 바율이 괜한 소리를 하는 건지 어쩐 건지 분간이 가지 않았기 때문이다.

"증거가 있을 리 없습니다. 이 자리를 모면하기 위한 거짓말일 겁니다."

후작의 보좌관인 듯한 자가 귀에다 대고 속삭였다.

"후처리는 전부 말끔하게 끝냈습니다."

후작의 보좌관은 대단히 용의주도한 인물이었다. 그것이

그를 곁에 오래 두고 있는 이유이기도 했다. 확신에 찬 보좌관의 말에 용기를 얻은 드로우 후작이 다시금 비릿한 웃음을 지으며 호탕하게 말했다.

"좋다! 증거가 있다면 내 기꺼이 그리하도록 하지!"

"그 말씀 믿도록 하겠습니다. 셰임!"

별안간 바율이 셰임의 이름을 크게 외쳤다. 그러자 바율을 호위하듯 그를 중심으로 사방 공중에 퍼져 있던 네 정령 중에서 셰임이 홀로 사뿐하게 지면으로 내려왔다.

이마에 검은색 보석이 박혀 있다는 것 말고는 누가 봐도 특별할 것 없는 중후한 중년인의 모습이었다. 그가 한쪽 무릎을 굽히고 고개를 숙인 채 바율의 명을 기다렸다.

"셰임, 이곳에 있는 모든 사람들에게 대지의 기억을 보여 주세요."

"아까 창고에서의 일을 말씀하시는 겁니까?"

"네, 최근에 비슷한 사건이 있었다면 그것도 전부 다요."

"분부대로 하겠습니다."

셰임이 천천히 자리에서 일어났다. 그가 빈 공터를 향해 손을 한 번 내젓자, 갑자기 지진이라도 난 듯 일대가 흔들렸다.

땅이 치솟으며 흙과 나무와 풀, 돌멩이 등이 마치 살아

숨쉬기라도 하는 듯 바쁘게 움직였다. 그것은 곧 조각처럼 어떤 형상을 만들어 냈는데, 그것을 본 일행의 눈들이 급격하게 커졌다.

"저건……!"

그렇다. 셰임이 축소판으로 작게 꾸며 낸 것은 리타가 험한 꼴을 당할 뻔했던 빈 창고였다. 그녀를 내팽개치고 입에 담기 힘든 욕설을 뱉어 내는 세자리오의 모습과 목소리가 밤하늘을 타고 고스란히 시민들의 눈과 귀로 흘러 들어갔다.

"와, 셰임! 저런 것도 할 수 있었어?"

셰임에게 이런 능력이 있다는 건 친구들도 몰랐다. 바율을 살피느라 혼자 숙소에 남아 있던 퀸만이 조금 일찍 먼저 알고 있었다.

"아직은 최근의 기억만 볼 수 있다나 봐. 바율이 증거가 될 만한 게 뭐가 있을까 고민하고 있는데 셰임이 알려 주더라고."

"대지의 기억이라."

"뭔가 되게 멋있다!"

불과 몇 시간 전의 일이라서 그런지, 장면들이 너무나 생생했다. 이제 막 세자리오의 악행을 알게 된 사람들은 경악했고, 짐작하고 있었던 이들은 상상했던 것보다 더한 실체를 마주하자 부르르 몸을 떨며 울분을 감추지 못했다.

"템페스타!"

이번엔 템페스타 차례였다. 녀석이 바율의 호명에 공중을 한 바퀴 빙 돌고는 모두가 들을 수 있도록 사라진 소녀들의 이름을 하나하나 나열했다.

그때마다 피해자의 가족인 듯한 사람들이 오열하며 바닥에 주저앉는 것이 보였다.

"더 할까요?"

바율이 가라앉은 음색으로 후작에게 물었다.

'이익!'

말고삐를 쥔 드로우 후작의 손에 힘이 꽉 들어갔다. 황도에서도 그렇고, 이곳에서도 결국 저 망할 놈의 정령에게 발목이 잡힌 꼴이다.

젊은 혈기로 한때 그러다 말겠거니 하며 여태 아들의 장난을 눈감아 주었거늘, 이토록 만천하에 드러나게 될 줄이야.

그러나 이제 와 후회해 봤자 늦었다. 일단은 늘 그렇듯 무조건 아니라고 잡아떼는 게 최선의 방책이었다.

"이, 이 요망한 놈! 그것이 어찌 증거가 될 수 있단 말이냐? 정령은 너의 소관이거늘, 내 아들에게 누명을 씌우기 위해 네가 꾸며 낸 것이렷다!"

"역시 제 예상을 한 치도 벗어나지 않으시네요. 부정부패의 달인다우신 발상이십니다."

"뭐, 뭣이라! 부정부패?"

"매점매석에 고리대금업까지 하시며 영지민들을 아주 쥐어짜고 계시던데, 그래서 어디 살림 좀 나아지셨습니까? 아마도 폐하께선 이런 사실을 전혀 모르고 계시겠죠?"

"지금 날 겁박하는 것이냐?"

"그렇게 들리셨습니까?"

되묻는 바율의 눈동자는 어느 때보다 차갑게 식어 있었다.

"그렇다면 오해이십니다. 저는 바로 지금 이 순간부터 폐하를 대신하여 캔자스시에 관한 감사를 시행토록 하겠습니다. 하니 드로우 후작님께선 최대한 협조 부탁드립니다."

"…감사?"

드로우 후작은 자신이 잘못 들었다고 생각했다. 난데없이 이게 무슨 소리란 말인가?

"크하핫! 오늘 들은 얘기 중에서 가장 웃긴 말이로구나! 대체 네놈이 무슨 자격으로 감사를 한다는 것이냐? 아비를 믿고 간이 아주 배 밖으로 나왔구나!"

"맥 보좌관님, 아무래도 후작님께 제 권한에 대해서 자세히 설명해 드려야 할 것 같습니다."

"네, 란데르트 백작님."

바율의 명에 맥 보좌관이 앞으로 나섰다.

"먼저 인사 올립니다. 란데르트 백작님을 모시고 있는 보좌관 맥 필리온이라고 합니다."

맥은 잘 들으라는 듯 소리를 높이고 또박또박 힘주어 말하였다.

"아시다시피 란데르트 백작님은 황제 폐하의 명만을 받드는 특무대신이십니다. 주된 업무는 정령사로서 재난을 막아 내는 것이지만, 그 과정에서 온당치 않은 사실이나 사건을 마주하면 일시적으로 감사권을 발동하여 권한을 행사하실 수가 있습니다. 이 모든 것은 백작님에게 직접 관직과 작위를 하사하신 폐하의 뜻이십니다."

어떻습니까?

이제 좀 슬슬 걱정이 되십니까?

'폐하'란 단어에 담긴 힘은 컸다. 방금까지 웃음기가 가득하던 드로우 후작의 얼굴이 점점 하얗게 질려 가고 있었다.

"후작님, 진정하십시오. 말려드시면 아니 됩니다."

당황하는 드로우 후작에게 보좌관이 다가가 다시금 속닥였다.

"감사에 대한 대비는 이미 완벽합니다. 이전부터 면밀하게 준비해 왔다는 걸 아시지 않습니까?"

서류만 두고 보자면 밀 사재기와 고리대금. 둘 다 드로우 후작과는 전혀 관계없는 일이었다. 결과적으로 모든 수익이 그에게 돌아오는 것은 맞지만, 서류상 어디에도 후작의 이름은 올라가 있지 않았다.

"황궁에 보고가 된다고 해도 기껏해야 영지 관할에 소홀한 죄 정도만 물을 겁니다. 후작님께선 그에 대한 잘못을 인정하시고 본보기로 몇 명만 잡아들이시면 사건을 깔끔하게 마무리 지을 수 있습니다."

그 본보기란 당연히 후작을 대신해 죄를 뒤집어쓸 자들이었다. 돈만 쥐여 주면 무슨 짓이든 할 수 있는 자들이 후작의 주변엔 널려 있었다.

"이번엔 정령으로도 어쩔 수 없을 겁니다."

정령에게 어떤 능력이 있는지 잘은 몰라도, 서류 조작까지 밝혀내는 건 불가능했다.

"란데르트 백작에게 휘둘리지 마십시오. 상대가 비록 특무대신이라고는 하나, 이제 갓 열일곱 살이 된 애송이일 뿐입니다."

드로우 후작이 무너지면 보좌관인 그의 인생 역시 종 치는 것이었다. 흥분한 후작이 행여 말실수라도 할까 싶었는지 보좌관의 말이 길어졌다.

"왈리스 보좌관님."

후작을 다독이던 사내, 왈리스는 바율의 부름에 깜짝 놀라 고개를 획 꺾었다. 상대가 자신의 이름을 알고 있을 거라곤 상상도 못 한 얼굴이었다.

"이제 갓 관직을 받은 터라 미숙한 면이 많긴 합니다만, 그래도 애송이란 표현은 조금 지나치신 것 같군요."

"······!"

"많이 놀라셨습니까?"

둘 사이의 거리는 꽤 떨어져 있었다. 당연히 바율이 자신의 말을 들을 수 없을 거라고 여겼던 왈리스의 눈이 크게 부릅떠졌다.

쑤아앙!

그때 템페스타가 바람을 일으키며 그의 옆을 확 지나쳤다.

"바보들! 나는 다 들을 수 있거든? 너희끼리 비밀 얘기하는 거 내가 전부 일러바칠 거다!"

템페스타에겐 그럴 만한 능력이 충분하다 못해 넘쳤다. 까르르 웃어 대며 장내를 질주하는 녀석의 모습은 흡사 장난이라도 치는 듯 보였지만, 드로우 후작과 왈리스의 표정은 더욱 심각하게 굳었다.

"녀석이 좀 까불거려서 그렇지, 새겨들으시는 게 좋을 겁니다. 정령은 거짓말을 하지 않거든요."

바율이 편을 들어 주자 신이 난 듯 템페스타의 어깨가 한껏 위로 솟아올랐다.

"그리고 저도 경제학 시간에 배워서 알고 있습니다. 귀족들이 어떤 방식으로 재산을 착복하고 백성들을 착취하는지 말입니다. 감사 준비가 완벽하다는 건, 그만큼 서류 정리를 잘해 놓으셨단 말씀이겠죠?"

"…그건 조사를 하면 자연히 알게 될 일 아니냐! 난 어떤 부정도 저지르지 않았어!"

"네, 후작님의 명의로 된 것은 하나도 없겠지요. 더욱이 왈리스 보좌관님처럼 철두철미하신 분이 직접 설계하신 일이니 저도 비리를 찾아내는 게 그리 녹록지만은 않을 거라 생각합니다."

바율이 굳이 말하진 않았지만, 캔자스시는 어디까지나 가국으로 가기 전에 잠시 들른 곳이었다. 예기치 않은 사건을 맞닥뜨리는 바람에 이런 상황에 처한 것이지, 여기에 많은 시간을 허비하기는 어려웠다.

그렇다고 아무런 조치도 취하지 않고 떠날 수는 없다. 이미 뱉은 말도 있고 하니 최대한 빠르고 신속하게 매듭을 지어야 할 필요가 있었다.

"그런데 아무리 완벽한 사람이라도 한 번쯤은 실수하기 마련이더군요."

"…그게 무슨 뜻이지?"

"파라벨룸 광산."

"……!"

바율의 뜬금없는 한마디에 드로우 후작뿐 아니라 왈리스 보좌관, 장남 플렉까지 약속이라도 한 듯 동시에 안색이 창백하게 변했다.

"제가 이다음에 무슨 말을 하려는지 알 것 같은 얼굴들이시네요."

바율은 이언과 맥을 흘깃 돌아보고는 말을 이었다.

"영지민을 보살피고 돌봐야 할 의무가 있는 영주가 오히려 수탈과 약탈을 일삼은 건 크나큰 죄입니다. 거기에 마나석을 빼돌린 일까지 더하면 그 죗값을 치르기 힘드시겠습니다."

"헐! 마나석을 빼돌렸다고? 진짜야?"

놀란 에이단이 옆에 있던 친구들에게 물었지만, 퀸을 빼고는 역시나 다들 처음 듣는 얘기였다.

만약 이게 정말 사실이라면 엄청난 사건이 아닐 수 없었다. 그도 그럴 게, 마나석의 구입 및 유통 관리는 국가에서 직접 담당하는 중대 사안이었다. 마나석의 존재 자체가 워낙에 귀하기도 한 데다가, 안보와 관련된 쓰임새가 많다 보니 국가 차원에서 관리하는 것이 여러 분쟁을 막을 수 있는 길이었다.

해서 어느 영지에서든 마나석이 발굴되면 일차적으로 보고부터 하고, 이후 국가에서 해당 마나석을 확인하고 구입하는 것이 수순이었다. 만일 그러한 절차를 어기면 중범죄로 다루어 참형에 처해질 수도 있었다.

"파라벨룸 광산은 철광석이 많이 나는 광산으로 알려져 있죠. 한데 작년부터 채굴 양이 현저하게 떨어졌더군요. 다들 아실 겁니다. 마나석 근처에는 일반적인 광물들이 존재할 수 없다는 사실을."

"…파라벨룸 광산은 그저 수명이 다해 가는 것뿐이다! 그곳에선 마나석 같은 게 나온 적이 없어!"

"드로우 후작님의 빨라진 심장 박동 소리가 여기까지 들리는군요. 거짓말에는 영 소질이 없으신 듯합니다."

"란데르트 백작님에게 감히 묻겠습니다. 후작님께서 정녕 마나석을 빼돌리셨다면 어딘가에 숨겨 놓으셨을 겁니다. 그 장소라도 찾으시고 이렇듯 말씀하시는 겁니까? 증거도 없이 이렇게 몰아붙이시는 건 엄연한 억압이자 탄압입니다! 아무리 특무대신이라 하여도 이러실 수는 없습니다!"

"왈리스 보좌관님의 말씀이 맞습니다. 증거도 없이 그럴 수는 없지요. 그리고 불행히도 저는 마나석을 찾지 못하였습니다."

"바, 바율!"

"쟤 뭐라는 거냐? 방금 전에는 마나석을 빼돌렸다고 해놓고, 뭐래!"

"말이 앞뒤가 안 맞잖아!"

"쉿, 조용히 있어 봐. 다음 대사가 중요하니까."

바율을 걱정하는 친구들에게 퀸이 서둘러 손가락으로 입을 가리며 말했다. 그때 바율의 말이 계속되었다.

"왜냐하면 드로우 후작님께서 이미 빼돌린 마나석을 매도하셨기 때문입니다. 그것도 타국에 말이죠."

"타, 타국에 팔았다고? 마나석을?"

바율의 말은 엄청난 파장을 불러일으켰다. 친구들뿐 아니라 몰려 있던 사람들까지 사색이 돼서는 웅성거렸다.

"제정신인가?"

"마나석을 타국에 넘기는 건, 반역이나 마찬가지야! 이건 역모라고, 역모!"

역모.

사전적 의미로는 당금 황제에게 반기를 드는 것이다.

성공하면 다행이지만 실패하면 본인을 포함해 위로 4대, 아래로 4대. 도합 구족을 멸하게 되는, 제국에서 가장 무서운 대죄였다.

누군가는 고작 마나석일 뿐인데 너무 하는 거 아니냐고 말할 수 있겠지만, 한때는 마나석의 보유량 정도로 국가의 무력 수준을 구분 짓던 시절도 있었다.

그만큼 마나석은 국가 안보와 밀접했기에 그것을 타국에 팔아넘겼다는 발언은 결코 가벼이 넘길 수 없는 사안이었다.

"네, 네놈이 진정 미친 것이로구나! 난 결단코 그런 적이 없다! 감히 내게 누명을 씌우려는 게냐!"

"드로우 후작님."

보다 못한 이언이 두어 걸음 앞으로 나섰다.

"이미 만월 기사단에서 아우렐리아 왕국과 접촉을 마쳤습니다. 아직 란데르트 공작 전하께 전해지지만 않았을 뿐, 후작님께서 마나석을 매도한 증거를 확보한 상태입니다. 그러니 그만 인정하시고 물러나시지요. 최대한 예우는 해 드리겠습니다."

아우렐리아 왕국은 대륙에서 유일하게 마나석을 자체적으로 생산해 내지 못하는 국가였다.

조금 전, 그는 맥 보좌관과 함께 정보 길드를 찾았다가 해당 국가에서 어마어마한 금액을 지불하고 드로우 후작에게 마나석을 구입했다는 사실을 알게 되었다.

란데르트 공작은 대륙의 각 나라마다 다수의 정보원을 심어 놓았다. 그 정보원들은 때로는 직접적으로, 경우에 따라선 정보 길드를 통해 소식을 전해 오곤 했다.

이번엔 중요한 정보이니만큼 직접 전달을 할 예정이었는데, 공교롭게도 이언과 마주친 덕분에 바율이 조금 더 먼저 알게 된 셈이었다.

"아버지……!"

플렉이 겁에 잔뜩 질려서는 드로우 후작을 올려다보았다. 왈리스 보좌관도 좋은 수가 떠오르지 않는지 동공이 쉴 새 없이 흔들렸다.

"제기랄, 대체 어쩌다가……!"

드로우 후작이 입술을 깨물며 욕설을 내뱉었다. 분명 아무도 모르게 비밀리에 추진했거늘, 어떻게 덜미를 잡혔는지 모를 일이었다.

'란데르트 공작!'

분명 그자 짓이었다. 그자의 함정에 빠진 것이다. 자신을 무너뜨리기 위해 철저하게 준비를 해 놓고 이런 날이 오기를 기다린 게 틀림없었다.

사실 여부와 관계없이 드로우 후작의 머릿속은 그런 생각으로 가득해졌다.

'헥터 공작 다음은 나였단 말인가!'

그가 말에 올라탄 채로 자리에도 없는 란데르트 공작을 향해 원망을 퍼부을 때였다.

'응?'

바율의 눈에 까만 먹구름 같은 것이 후작의 몸속으로 흘러 들어가는 게 보였다.

'저건……?'

바율이 데스를 재빨리 돌아보았다. 처음 보는 현상이지만, 본능으로 알 수 있었다. 이건 절망의 신, 데스페라티오의 기운이었다.

그가 어째서 지금 상황에 드로우 후작에게 절망을 심는지 바율은 순간 이해할 수가 없었다.

"전부 남김없이 쓸어 버려라!"

드로우 후작의 명령이 떨어진 건 그때였다. 그가 느닷없이 기사단과 병사들에게 공격을 지시했다.

"아, 아버지! 진심이세요?"

"후작님, 상대는 란데르트 공작의 아들입니다! 고정하십시오!"

아들인 플렉과 왈리스 보좌관도 이건 아닌 것 같다며 후작을 말렸지만, 소용없었다.

"어차피 이번 일에 관한 이야기가 황궁에 들어가면 우리 가문은 끝이다. 우리가 살려면 이 수밖에 없어!"

"하오나……."

"저자의 말을 듣지 못했느냐? 아직 란데르트 공작에게 사실이 전해지기 전이라고 하였다! 여기 있는 자들의 입만

막으면 어떻게든 살길이 있을 게다!"

"전부라 하시면, 설마 일반 시민들까지 말씀하시는 겁니까?"

"한 놈도 살아남아서는 아니 된다."

본디 죽은 자는 말이 없는 법이었다. 후작과 그의 가문이 생존할 수 있는 유일한 길은 모두의 죽음이었다.

"명 받습니다."

머뭇거리던 플렉이 이내 고개를 끄덕이며 크게 외쳤다.

"주군의 명령이다! 남녀노소 구분 없이 전부 베거라! 오늘 이 자리에서 개미 새끼 한 마리도 살아 나가서는 아니 될 것이다!"

갑작스러운 명령이었지만, 그들은 잘 훈련된 기사이고 병사였다. 몰려든 시민들이 무슨 상황인지 사태 파악을 하기도 전에, 그들의 날카로운 검과 창이 무차별적으로 휘둘러졌다.

"이, 이게 무슨⋯⋯!"

잠시 데스에게 한눈을 판 사이에 일이 걷잡을 수 없게 커져 버렸다. 돌변한 드로우 후작의 태도에 바율이 당황하고 있을 때, 여기저기서 비명이 속출했다.

"도련님을 보호하라!"

이언이 적의 중앙으로 뛰어들며 수하들에게 명령했다.

덤벼드는 적들을 상대하면서도 만월 기사단은 바율에게서 절대 삼 보 이상 떨어지지 않았다.

이언의 실력은 단연 발군이었다. 그가 검을 휘저을 때마다 기사 서넛이 그대로 나가떨어졌다.

"엄마아아!"

한 아이의 외마디 소리가 들린 것은 그때였다.

일고여덟 살쯤 되었을까?

난리 틈에 부모와 헤어졌는지, 웬 여자아이가 적진 한가운데서 울고 있었다. 그리고 그런 아이를 향해 병사의 창이 날아가는 중이었다.

"안 돼애애!"

바율이 고함을 내질렀다. 겨우 잠재웠던 분노가 다시금 치솟았다. 자신의 안위를 위해 죄 없는 영지민들까지 망설임 없이 학살하는 드로우 후작의 행태에 바율의 이성이 무너졌다.

이런 자가 한 나라의 후작이며, 영지를 다스리는 주인이라는 사실이 기가 차고 역겨웠다.

오늘 이곳에서 반드시 누군가가 죽어야 한다면 그건 드로우 후작이어야 할 터였다. 그 외에 단 한 명이라도 헛된 죽음을 맞이해서는 안 되었다.

내가 용서하지 않을 거야!

바율이 그렇게 마음을 먹은 그 순간, 별안간 대기가 멈추었다. 다른 말로는 달리 표현할 길이 없었다. 기괴한 정적과 함께 공기의 흐름이 그대로 멎었다.

"꺄아아악!"

그리고 갑자기 템페스타가 고막이 찢겨 나갈 듯한 고음의 비명을 터뜨렸다.

번쩍!

이어 환하고 거대한 빛 무리가 녀석을 감싸는가 싶더니, 이내 팟 하고 폭발하며 일대를 진공 상태로 만들었다.

이 모든 건 한순간에 벌어진 일이었다.

"…템페스타?"

멍한 일행이 다시금 녀석을 보았을 때, 방금까지 어린아이의 모습을 하고 있던 템페스타는 어느새 소년의 형상을 하고 있었다. 외모는 크게 달라지지 않았지만, 키가 부쩍 커졌고 머리카락도 전보다 길어졌다.

그런 녀석에게 바율이 알아들을 수 없는 언어로 무어라 명령했다.

그러자 돌연 템페스타를 중심으로 거친 회오리바람이 몰아치더니 드로우 후작과 그의 수하들이 하나둘씩 차례로 휩쓸렸다.

"바, 바율…… 너 괜찮아?"

바율에게서 전해지는 분위기가 심상치 않았다. 녀석의 잿빛 눈동자가 어째선지 은백색을 띠고 있었다.

　달라진 바율의 모습에 친구들은 겁에 질렸고, 오직 데스만이 히죽 웃으며 의미심장한 표정을 짓고 있었다.

Chapter 10.
어머니의 음성

1.

"도련님! 바율 도련님!"

드로우 후작이 몰고 온 기사단과 병사들의 공포에 찬 괴성이 밤하늘을 수놓았다. 갑작스레 나타나 폭풍처럼 휘몰아치는 회오리바람으로 인해 캔자스시 시민들까지 전부 불안에 떨었다.

기이한 점은 드로우 후작과 그 무리를 제외하면 그 누구도 바람에 휩쓸린 자가 없다는 사실이었다.

하지만 그렇다고 해서 무섭지 않은 것은 아니었다. 행여회오리에 쓸려 갈까 싶어 두려운 듯 다들 몸을 낮춘 채 한발자국도 움직이지 않았다.

"도련님! 제 말씀 안 들리십니까?"

바율이 아무런 대꾸를 하지 않자 이언은 덜컹했다. 전방에서 적을 상대하느라 그의 변화를 이제야 발견한 이언이었다.

달라진 눈동자 색도 이상하지만, 바율의 모습은 마치 무언가에 홀린 것 같았다. 누군가 명령하는 대로 따르는 느낌이랄까.

"지금은 무슨 말을 해도 듣지 않을걸?"

"데스?"

뭔가를 알고 있는 듯한 데스의 말에 이언과 친구들은 화들짝 놀랐다. 그는 여전히 입가에 미소를 문 채 템페스타를 올려다보고 있었다. 어째선지 반가워하는 것 같기도 했다.

"그렇게 놀랄 필요 없어. 전대 정령왕의 기운이 깨어난 것일 뿐이니까."

바율에게로 시선을 옮기며 데스가 말했다.

"전대 정령왕의 기운이 깨어났다니요? 그럼 바율이 지금 각성 중이라는 말인가요?"

"뭐, 그렇게 표현할 수도 있겠군. 그 계기가 인간에 대한 분노라니…… 홋, 역시 바람의 정령왕답다고 해야 하려나?"

"분노가 무슨 상관인데요?"

"전대 바람의 정령왕은 성격이 완전 지랄 같았거든. 화를 못 이겨서 왕국 하나를 통째로 날려 버린 적도 있었지. 여기 말로 성격 파탄자? 뭐, 그런 걸로 생각하면 될 거야."

대체 얼마나 화가 나면 나라를 없앨 수 있는 거지? 아니, 그 정도라면 세기는 또 얼마나 센 거야?

데스는 아무렇지도 않게 지나가듯 한 말이었지만, 이언과 친구들은 순간 머리가 쭈뼛했다.

"…근데요. 설마 그 전대 정령왕의 성격이 바율에게 대물림하는 건 아니겠죠?"

"지금 그 광경을 실시간으로 보고 있잖아."

데스가 손가락을 세워 위를 가리켰다. 드로우 후작의 모습은 언제부터인지 보이지도 않았다. 그러나 회오리는 약해지기는커녕 점점 더 커져 가고 있었다.

"이쯤 했으면 그만하라고 말려야 하는 거 아닌가? 이러다 저 사람들 다 죽으면 어떡해?"

"비리를 감추겠다고 자신의 영지민들까지 죽이려던 놈들이야. 그런 쓰레기 같은 것들은 이참에 다 없어지는 게 차라리 낫지!"

"라이, 그건 그렇게 간단하게 생각할 일이 아니야. 바율이 살인자가 되는 거라고!"

쓰레기 좀 정리하는 게 뭐가 어때서?

일라이는 진심으로 그렇게 생각했지만, 조용히 입을 다무는 쪽을 택했다. 그가 아는 한 바율은 살인을 하고도 멀쩡할 수 있는 녀석이 아니기 때문이다.

"로건 도련님의 말씀이 옳습니다. 란데르트 백작님에겐 감사권만 있을 뿐이지, 드로우 후작을 처결하실 권한까지는 없으십니다. 사실을 황궁에 알리고 후처리를 할 담당이 도착할 때까지 억류시킬 수는 있으나, 자의로 판단하시어 처벌해서는 안 됩니다. 분명 후에 탈이 생길 겁니다."

"그럼 데스가 좀 어떻게 해 주면 안 되나요?"

맥 보좌관의 설명에 다들 어찌할 바를 몰라 머뭇거릴 때, 에이단이 불쑥 데스에게 부탁했다.

"내가?"

"네, 바율을 이대로 둘 수는 없잖아요. 우리가 하는 말은 들리지 않아도, 데스라면 다르지 않겠어요?"

"글쎄. 내 말을 들을지 안 들을지는 모르겠지만, 내가 왜 그래야 하지?"

"예?"

데스의 반문에 에이단의 눈이 동그래졌다.

"오랜만에 재미있는 구경 중인데 내가 왜 굳이 그래야 하냐고."

녀석들은 모르겠지만, 바율이 각성한 건 사실 데스의 부추김도 어느 정도 작용했다. 드로우 후작에게 절망을 심어 그가 순순히 물러나지 않도록 약간의 조장을 한 결과가 작금의 사태였다.

리타의 일로 전대 정령왕의 힘이 개방되었고, 바율이 그 힘을 온전히 쓸 수 있도록 일종의 도움을 준 셈이다.

기껏 그렇게 만들어 놓았는데 진정시키라니, 데스로서는 말도 안 되는 짓이었다.

"그리고 아직 바율은 각성한 힘의 반도 쓰지 못했어. 잠재된 힘이 어마어마하게 느껴진다고."

"역시 머리가 나쁘다니까. 지금 바율이 그 남은 힘을 써서 뭐 할 건데? 무식해도 정도가 있지, 그럼 이대로 바율이 폭주하게 두자는 거야?"

데스가 비협조적으로 나오자 일라이가 버럭 화를 냈다. 말을 안 해서 그렇지, 녀석은 사실 바율이 저러다 다시 쓰러지는 건 아닐지 내심 걱정이었다.

"다들 진정하고 내 얘기 좀 들어 봐."

그때 조용히 바율을 지켜보고 있던 퀸이 입을 열었다.

"바율 상태가 약간 이상하긴 하지만, 이성을 완전히 잃은 것 같지는 않아."

"…무슨 근거로?"

"우리가 그 증거야. 그리고 저기 시민들을 봐. 다들 겁에 질려 있긴 해도 바율 때문에 다친 사람은 없어. 바율은 오직 드로우 후작만 벌주고 있다고."

그러고 보니 바닥에 쓰러져 신음하고 있는 부상자들은 바율이 템페스타에게 명령을 내리기 전, 드로우 후작 측에게 당한 이들이었다.

"정말 그러네?"

"그렇다는 건…… 바율이 제어를 하고 있다는 건가?"

"전대 정령왕이 성격 파탄자라면, 바율은 성인군자야. 둘의 성격이 잘 융합만 된다면 해결할 수 있지 않을까?"

"그러니까 그걸 어떻게 할 건데? 우리가 무슨 수로 하느냐고."

다시금 시선이 데스에게로 쏠렸다. 안타깝게도 지금 이언과 친구들이 의지할 수 있는 건 전대 정령왕에 대해 조금이나마 알고 있는 데스뿐이었다.

데스의 진짜 정체를 모르는 맥은 이 상황이 다소 이해가 안 갔지만, 중요한 것은 바율이었기에 의문은 잠시 뒤로 미뤘다.

그때였다.

"wjsqn aufgkdufk!"

바율에게서 또다시 알아들을 수 없는 언어가 흘러나왔다.

"쟤 또 뭐라는 거야?"

"바율! 야, 너 진짜 왜 그래!"

"우리 목소리 아직도 안 들려?"

당황한 친구들이 바율을 말리려는 그 순간, 일대에 엄청난 강풍이 휘몰아쳤다.

쑤아아앙!

바닥의 흙과 돌이 날아오른 건 물론이고, 건물의 지붕까지 뜯겨 나갔다. 창문들이 깨지는 소리도 잇따라 들려왔다.

조금 전까지만 해도 안전하던 시민들이 이제는 고스란히 위험에 노출되었다. 세기가 강해진 바람에 휩쓸려 날아가는 이들이 생겨났고, 여기저기서 날아온 파편에 맞아 상처를 입는 자들이 늘어 갔다.

"바, 바율!"

"제발 그만둬!"

친구들도 예외는 아니었다. 재빨리 서로를 붙잡았길 망정이지, 하마터면 쓸려 갈 뻔했다. 암기처럼 날아오는 파편들은 일차적으로 이언과 만월 기사단이 막아 주었고, 이어일라이가 재빨리 실드 마법을 펼쳤다.

"이노센트, 셰임!"

"스피넬!"

"너희도 좀 어떻게 해 봐! 방법 없어?"

언제부턴가 템페스타를 뺀 정령 셋은 바율을 호위하듯 녀석의 주변에 포진해 있었다. 녀석들도 전대 정령왕의 기운을 느낀 건지 이제껏 본 적 없는 엄숙한 모습들을 하고 있었다.

콰르르르!

"으앗! 건물이 무너진다!"

중급 정령이 된 템페스타의 능력은 상상 이상이었다. 벽과 담이 허물어지며 주변은 전쟁터를 방불케 할 만큼 순식간에 혼란으로 가득 찼다.

자연재해를 해결해야 할 특무대신이 오히려 재해를 일으키는 격이었다. 여기서 더 잘못되었다가는 아무리 바율이라 할지라도 정녕 수습하기 곤란했다.

"젠장! 전대 정령왕이고 나발이고 제발 꺼져 달라고!"

"바율, 이성을 되찾아!"

"넌 할 수 있어!"

"도련님! 제발요!"

친구들과 리타의 응원 덕이었을까? 그도 아니면 바율 스스로가 노력한 결과였을까?

파핫!

혼잡한 와중에 별안간 바율에게서 빛이 새어 나왔다. 아니, 정확히는 바율의 목에 걸린 펜던트에서 눈부신 광채가 쏟아졌다.

그 빛이 일대를 뒤덮자, 몰아치던 강풍이 언제 그랬냐는 듯 일순간에 사라졌다. 무너지기 직전이던 건물도 흔들림을 겨우 멈췄고, 더 이상 아무것도 허공을 날아다니지 않았다.

"으아아악!"

"끄악!"

회오리바람에 휩쓸렸던 드로우 후작과 그 무리 역시 둔탁한 소음을 만들며 지면으로 쿵쿵 떨어졌다. 애꿎게 날아갔던 시민들은 다행히 만월 기사단원들이 잽싸게 받은 덕에 무사했다.

"바, 바율……?"

빛은 완전히 사라졌고, 바율은 아무런 미동 없이 지면에 그대로 서 있었다.

"얘 또 쓰러지는 거 아니야?"

바율의 주특기 중 하나가 기절이라 해도 과언이 아니었다. 녀석이 기절하는 것만 여태 몇 번을 봐 온 친구들이다. 그리고 경험에 의하면, 바율은 주로 지금과 같은 상황에서 잘 쓰러지고는 했다.

그러나 이번에는 그들의 예상이 틀렸다.

"하아아."

바율이 가쁜 숨을 몰아쉬며 친구들을 향해 몸을 돌렸다. 그런 녀석의 눈동자는 원래의 색으로 되돌아온 상태였다. 다만 무슨 이유에선지 얼굴이 엄청나게 상기되어 있었다.

"도련님, 괜찮으십니까?"

"…네, 이언 경. 괜찮습니다."

목소리도 말투도 본래의 바율이었다.

"이, 이 자식아! 깜짝 놀랐잖아!"

"우 씨! 간 떨어질 뻔했네!"

그제야 친구들이 긴장을 풀고는 바율에게로 달려들었다. 녀석이 제정신(?)으로 되돌아와서 너무나 다행이었다.

"도련님……."

"미안해, 리타. 많이 놀랐지?"

리타는 당장이라도 눈물을 뚝뚝 흘릴 것만 같은 표정을 하고 있었다. 바율의 옷자락을 잡은 그녀의 손이 잘게 떨리는 게 느껴졌다.

"이젠 진짜 괜찮아. 그러니 안심해."

"바율 도련님, 방금까지 있었던 일 전부 기억하십니까?"

"그럼요, 이언 경. 똑똑히 기억합니다."

대답하며 바율이 흐리게 웃었다.

"…너, 웃는 거냐?"

수많은 사람을 위험에 처하게 해 놓고 미소를 짓는 건 절대 바율답지 않았다. 그에 친구들이 다시 불안한 눈빛을 띠자 바율이 말했다.

"평생 잊을 수 없는 목소리를 들었거든."

"목소리……?"

"설명은 나중에 할게. 지금은 여기부터 정리해야 할 것 같아."

당최 이해할 수 없는 말을 남기고는 바율이 서둘러 정령들에게 임무를 내렸다.

"셰임, 무너진 건물의 수리 좀 부탁드릴게요. 스피넬은 잔해들을 모아서 태워 주고, 템페스타는 저들을 전부 감옥으로 보내 주겠어?"

바율의 신속한 명령에 세 정령들이 즉시 움직였다.

"바율, 나는? 나는 뭐 하면 되는데?"

바율이 원상태로 돌아와선지 이노센트도 원래의 발랄함을 되찾았다. 녀석이 자신에게도 할 일을 달라며 커다란 눈동자로 바율을 채근했다.

"이노센트한테는 따로 물어볼 게 있어."

"물어볼 거? 뭔데?"

"전에 이 펜던트가 말을 걸었다고 했었지?"

"응! 깨어날 때가 되었다고, 얼른 일어나랬어."

"바율, 지금 같은 순간에 갑자기 그건 왜 묻는 건데?"

뜬금없이 펜던트 얘기는 왜 꺼내는 건지 다들 의아해하는 기색을 감추지 못할 때, 돌연 바율이 대꾸했다.

"나도 들었거든."

"어? 뭘 들어?"

"이 펜던트에서 나는 목소리 말이야. 나도 들었다고. 그리고 내 예감이 맞는다면, 그건 내 어머니의 음성이야."

"…네 어머니의 음성이라고?"

바율의 갑작스러운 말에 다들 어안이 벙벙한 얼굴로 녀석을 쳐다보았다. 다짜고짜 이게 무슨 소리인지 도통 이해할 수가 없었다.

"자세한 건 안에 들어가서 말할게. 일단은 부상자들부터 챙기자."

영주인 드로우 후작을 옥에 가뒀으니 이제 모든 지시는 바율이 내려야만 했다. 궁금해하는 친구들의 심정을 모르지는 않지만, 무고하게 다친 사람들의 상처가 악화되기 전에 서둘러야 했다.

"이언 경, 신전에 연락을 넣어 주세요. 환자의 수가 많으니 아무래도 사제님들이 이곳으로 와 주시는 게 좋을 것 같습니다."

"네, 도련님. 지시하겠습니다."

대답 즉시 이언이 돌아보자 만월 기사단 중 한 명이 빠른 속도로 뛰어갔다.

"감옥으로도 신관을 보내야 할 겁니다."

가장 많은 부상자가 그곳에 있었다. 처벌을 받든 아니든 그건 나중 문제였다. 아픈 상태로 그냥 둘 수는 없었다.

"예, 란데르트 백작님. 그 부분은 제가 확인하고 직접 처리하겠습니다."

"맥 보좌관님이 어련히 알아서 하시겠지만, 베르가라에 도 전달 부탁드립니다. 저는 가국으로 떠나야 하니 뒤처리는 그쪽에 맡기는 편이 좋을 것 같거든요."

"물론입니다. 내일 날이 밝는 대로 곧장 보고하도록 하겠습니다."

"공작 전하께는 이미 사람을 보냈습니다. 아마 며칠 내로 만월 기사단이 도착할 겁니다."

정보 길드에서 소식을 듣자마자 해밀턴에 연통을 넣었다. 드로우 후작의 손발이 묶이면 자칫 도시가 미비에 빠실 수도 있었다. 안전을 위해서라도 얼마간은 만월 기사단이 주둔하며 어수선한 도시를 바로잡아야 할 터였다.

"괜히 저 때문에 아버지께서 또 바빠지시겠군요."

"그것이 본래 공작 전하께서 하시는 일입니다. 제국의

총사령관님이시지 않습니까. 죄송해하실 일은 아닙니다."

"네, 뭐. 그렇죠."

머리로는 그리 생각하지만, 마음은 여전히 무겁다. 특무대신으로서 할 일을 했을 뿐인데, 돌이켜 보니 엄청난 일을 벌였음을 새삼 자각했다.

물론 후회하는 건 아니었다. 같은 일이 또 발생한다면 자신은 틀림없이 똑같이 처리할 것이다. 그 결정을 번복할 일은 없었다.

다만 자신에게 엄청난 힘이 있음을 인식함과 동시에, 그로 인해 애꿎은 사람들에게까지 피해를 끼쳤다는 사실에 미안한 마음이 공존했다.

"자, 그럼 여기는 이언 경과 맥 보좌관님에게 맡기고. 우린 들어가서 마저 이야기를 나누어 볼까?"

바율이 미처 대답할 틈도 없이 에이단과 일라이가 녀석의 팔을 양쪽에서 붙들었다. 그러고는 지체 없이 숙소로 끌고 올라갔다.

"더 이상 미룰 생각 마. 우리 전부 궁금해서 미쳐 돌아버릴 지경이니까!"

바율을 가운데 앉혀 두고 친구들이 사방에 포진했다. 아무것도 모르는 리타는 본인의 방으로 쉬러 갔고, 데스와 그의 형제들은 벽에 기댄 채 바율이 입을 열길 기다렸다.

"일단 미안해. 내가 의도한 건 아니지만 모두를 위험에 빠뜨렸어."

"너 데스 못 믿냐? 마신이 옆에 있는데 무슨 걱정이야? 우리가 위험해지면 데스가 알아서 구해 줬겠지! 안 그래요, 데스?"

느닷없는 에이단의 물음에 데스의 고개가 기우뚱했다.

"아까부터 묻고 싶었는데…… 왜 자꾸 내가 도와줄 거라고 생각하지? 난 그럴 마음이 전혀 없는데 말이야."

"에이, 설마요."

정색하는 데스를 보며 에이단이 키득거렸다.

"리타가 있는데 진짜로 안 도와줬겠어요? 저를 너무 띠엄띠엄 보셨나 봐요. 제가 그 정도 눈치는 있답니다!"

"……"

데스는 순간 할 말을 잃었다. 듣고 보니 맞는 말이었기 때문이다. 이제껏 리타만 챙기면 된다고 생각했는데, 녀석의 말마따나 리타의 곁에 있는 한 다들 같은 혜택을 받게 될 것이다.

남들은 다 알고 있는 걸 정작 당사자인 데스가 깨닫지 못한 건 그가 그 정도로 다른 데엔 일절 관심이 없는 탓이었다.

"역시 멍청하다니까."

일라이가 혀를 끌끌 차는 데도 새롭게 안 사실에 멍한 나머지 데스는 아무런 대꾸도 하지 못했다.

그때 바율이 데스에게 물었다.

"데스, 묻고 싶은 게 있습니다. 아까 드로우 후작에게 절망을 심은 이유가 뭐죠?"

"데스가 절망을 심었다니? 이건 또 무슨 소리냐?"

"드로우 후작이 공격 명령을 내리기 직전에 내가 본 게 있거든. 후작을 자극한 거 맞죠? 왜 그런 거예요?"

"이젠 그런 것까지 보이나 보지?"

데스가 예상치 못한 질문에 어처구니없다는 듯 헛웃음을 짓곤 해명했다.

"그건 그냥, 약간의 촉매 역할을 했을 뿐이야. 전대 정령왕의 기운이 완전히 깨어날 수 있도록 말이지."

"데스, 많은 사람이 다쳤습니다. 마지막에 어머니가 도와주시지 않았다면 큰일 날 뻔했다고요. 다시는 그러지 말아 주세요."

"원한다면야 뭐."

결과적으론 모든 게 잘 풀린 셈이었다. 바율이 아는지 어쩐지 모르겠지만, 녀석에게서 전과는 비교조차 할 수 없는 힘이 데스에게는 느껴졌다.

하지만 바율의 단호한 태도에 데스는 굳이 말을 덧붙이

지 않고 순순히 그러겠다고 하며 넘어갔다.

"바율, 이제 얼른 설명해 봐. 왜 자꾸 네 어머니 얘기가 나오는 거야? 우린 정말 이해가 안 가거든?"

데스가 후작에게 절망을 심어서 무슨 사달을 만들었건 지금 친구들에겐 그리 중요한 일이 아니었다. 그들의 관심은 온통 바율의 어머니에게로 쏠려 있었다.

"네 어머니는 돌아가셨잖아. 근데 어떻게 목소리를 듣고, 도움을 받았다는 거야? 이건 말이 심하게 안 된다고."

에이단의 말에 다들 동의한다는 듯 격하게 고개를 끄덕이며 바율을 바라보았다.

바율은 그런 친구들에게 무엇부터 얘기해야 할지 고민하다가 이내 입을 열었다.

"우선, 어머니께선 돌아가신 게 아닌 것 같아. 어머니의 음성을 들었거든."

"그 펜던트에서 말이지?"

"응……."

바율은 목에 걸린 펜던트를 손에 그러쥐며 조금 전 들었던, 한없이 다정하고 부드러운 목소리를 떠올렸다.

바율, 힘을 내거라.

분노에 굴복해서는 안 된다.

넌 해낼 수 있어!

그 음성이 사그라지는 바율의 정신을 붙들었다. 그리고 이어 차가우면서도 청량한 기운이 펜던트로부터 흘러나와 바율을 보호하듯 휘어 감았다.

어떤 원리인지는 모르겠지만, 폭주하려던 전대 정령왕의 기운을 내리누른 것이다. 덕분에 바율은 보다 편하고 쉽게 정신을 다잡을 수 있었다.

"정말로 그 펜던트가 말을 걸었다고 치자. 근데 그 목소리의 주인이 어머니라고 확신하는 까닭은 뭐야?"

"얼마 전에 아버지께 들은 이야기가 있어. 어머니께서 나와 형을 낳다가 돌아가신 건 너희들도 알고 있지?"

비처럼 사라지셨다는 해괴한 말을 일전에 듣긴 했지만, 그래도 돌아가셨다는 사실에 중점을 더 두고 있던 그들이었다.

"사실…… 그때 이상한 일이 좀 있었어."

바율은 어머니가 아버지의 눈앞에서 먼지처럼 사라지셨다는 사실과 그 전에 자신을 보고 놀라며 목걸이를 직접 걸어 주셨다는 이야기까지 모두 친구들에게 털어놓았다.

"뭐야, 그럼 하인들 말이 진짜였단 말이야?"

"공간 이동이라도 하신 건가?"

드래곤답게 일라이는 가장 먼저 마법을 떠올렸다.

"아버지 말씀이, 그런 건 아니셨대. 무척이나 슬픈 눈으로 미안하단 말을 남기셨댔는데…… 그런 눈빛은 처음 보셨다고 하셨어. 뭔가 기억을 떠올리신 것 같다고도 말씀하셨고."

"막판에 갑자기 무슨 기억을 떠올리신 거지? 전에 셰임이 그랬잖아. 어쩌면 바율 네 어머니는 전대 정령왕이 정령계의 재건을 위해 인간계로 피신시킨 정령왕의 수하일지도 모른다고. 정령이었던 시절의 기억을 떠올리기라도 하신 걸까?"

"오래전 잃어버렸던 기억을 떠올린 정령이라……."

"근데 그렇다고 해도, 왜 그렇게 사라지신 거지? 임무를 수행하려면 오히려 계속 남아 있어야 하는 게 정상 아닌가?"

"혹시 뭔가 사정이 있으셨던 게 아닐까?"

"사정?"

"슬픈 기색이셨다고 했잖아. 남아 있을 수 없었던 어떤 이유가 있으셨을지 모르지. 자식을 낳자마자 떠나려는 부모가 세상에 어디 있겠어?"

로건의 지적에 다들 입을 다문 채 골몰히 생각에 잠길 때였다. 이제껏 잠자코 있던 아몬이 조심스럽게 끼어들었다.

"바율 도련님의 어머님이 정말로 정령이셨다면, 한 가지 의아한 점이 있습니다."

"…그게 뭐죠?"

"소환입니다."

"소환이요?"

"본디 정령이 인간계에 모습을 드러내기 위해선 계약자가 필요합니다. 바율 도련님과 같은 정령사들 말입니다."

"그럼 바율의 어머니께도 계약자가 있었다는 말씀이네요?"

"아니요, 이야기를 들어 보니 그건 아닌 것 같습니다."

"그런데 어떻게 인간계에 계셨던 겁니까?"

"그게 바로 제가 궁금했던 점인데…… 말씀하신 대로 전대 정령왕들의 힘을 담고 계셨다고 생각하면 앞뒤가 맞습니다. 그 힘이라면 충분히 홀로 머무실 수가 있었을 테니까요. 그러다 그 힘이 바율 도련님에게 흘러 들어간 거고요."

"설마……!"

"네, 도련님을 보고 놀라신 건 그 때문일 겁니다. 품고 있던 전대 정령왕들의 기운이 출산을 통해 쌍둥이 중 한 명이었던 바율 도련님에게 전이가 되었겠지요."

"그럼 어머니께서 저 때문에……?"

"물론 이 모든 건 어디까지나 가설일 뿐입니다."

안경 너머 아몬의 감긴 눈을 바라보는 바율의 몸이 부들부들 떨렸다. 확실한 것은 아무것도 없다. 그의 말처럼 아직은 가설일 뿐이다.

하지만 추론을 해 보면 정황이 너무나 딱 들어맞는다.

전대 정령왕의 기운을 갖고 인간계로 피신했던 어머니가 어떤 이유로 기억을 잃고 지내다가 아버지를 만나 사랑에 빠져 결혼을 하고 쌍둥이를 낳았다.

그리고 당신조차 몰랐던 힘이 아들에게로 옮겨지면서 더 이상 이 세상에 있을 수가 없게 되신 것이다.

자신이 전대 정령왕들의 힘을 계승하게 된 것 역시 이 가설이라면 설명할 수 있었다.

"아몬."

바율이 가라앉은 음색으로 아몬을 불렀다.

"어머니께선 어디로 가신 겁니까? 혹시 아시나요?"

"인간과 마족에게 각자의 세상이 있듯이 정령들 역시 그들만의 세계가 존재합니다. 그걸 정령계라고 부르지요. 비록 정령들이 소멸했다고는 하나, 그렇다고 공간까지 사라진 것은 아닙니다. 살아 계신다면 아마 정령계에 계실 겁니다."

"어머니는 분명히 살아 계십니다. 전 알 수 있어요. 목소리까지 들었다고요!"

바율이 목에 걸린 펜던트를 손에 쥔 채 들어 보였다.

"바로 여기서 들렸습니다!"

"저기, 그 펜던트 말인데……."

그때 데스가 불쑥 다가와 바율의 펜던트에 손을 대었다.

"전부터 뭔가 되게 이상했어. 수상한 기운이 느껴진다고 해야 할까?"

"수상한 기운이요?"

"어, 내가 잠시 마력을 심어 봐도 되려나?"

"…그럼 알 수 있나요?"

"장담은 못 해. 잘못되면 이 펜던트가 깨질 수도 있고."

"그건 안 됩니다!"

바율은 황급히 뒤로 물러섰다. 어머니와 통할 수 있는 유일한 길이 이 펜던트였다. 그걸 확실하지 않은 운에 맡길 수는 없었다.

"나도 반대야! 분명 너희 어머니께서 사라지시기 전에 펜던트를 네게 걸어 주신 이유가 있을 거라고."

"맞아! 그런 중요한 걸 저런 멍청한 마족에게 넘긴다는 건 말도 안 되지!"

"다른 방법을 연구해 보자."

데스가 행여 멋대로 굴까 봐 겁이라도 난 듯 친구들이 바율을 둘러쌌다.

"나 참, 날 뭐로 보고."

데스는 그 모습에 어이가 없었지만, 얌전히 녀석들에게서 물러나 주었다.

"근데 말이야, 바율."

문득 생각났다는 듯 에이단이 바율의 펜던트를 보며 물었다.

"아몬의 말대로라면 너희 어머니는 정령계에 계실 텐데 목소리가 왜 펜던트에서 들린 거지? 난 솔직히 처음에 네 말 듣고 너희 어머니가 거기에 봉인되신 것은 아닌가 싶었거든."

바율도 했던 생각이었다.

"이사장님 말씀이 이 펜던트도 태고의 신물이라고 하셨어. 어떤 비밀 장치가 숨겨져 있는 것 같은데, 그게 뭔지는 모르시겠대."

"그자가 그랬다고?"

"응, 나보고 알아내라고 하셨는데…… 너희도 알다시피 아직 방법도 찾지 못했어."

"비밀 장치라는 게 뭘까?"

"바율, 이거 진짜 열쇠 없는 거야? 여는 방법 정말 모르는 거 확실해?"

바율과 친구들이 머리를 맞대고 펜던트를 이리저리 만져 보았지만, 건질 만한 것은 아무것도 없었다.

'비밀 장치라……!'

그런 바율과 친구들을 바라보던 데스의 까만 눈동자가 순간 붉은빛으로 일렁였다.

'혹시 그건가?'

바율은 저 안에서 어머니의 목소리를 들었다. 그리고 그 어머니는 정령계에 머물고 있다.

이건 따지고 보면 너무나 간단한 이치였다.

어쩌면 저 펜던트는 정령계와 인간계를 연결 짓는 통로, 즉 문일지도 몰랐다.

〈다음 권에 계속〉

4컷 만화

정령의 펜던트

보너스
4컷 만화

빅피

예쁜 말 챌린지

아무리 바르가
요리를 못해도 그렇지,
데스는 말이 너무
심해요!!

도련님 앞에서도
말을 가려하는 걸
본 적이 없고
도대체가
사람이 말을

시끄럽고
귀찮아….

앞으로 말을
험하게 할 때마다

식사량을
줄일 거예요!!

…그 뒤로
말을 한 마디도
안 하고 있다고요?

네.
그렇습니다
….

……

걱정 가득

콜록 콜록! 콜록!!

!

괜찮아, 바율!?

!

어디 안 좋아?

별일 아니야. 걱정하지 마.

다시 살아난 이후로 다들 걱정이 많아졌네.

어서 대양의 눈을….

진정해 퀸

그냥 사례들린 거야!!

예의 바른 청년

오늘 날씨 좋네….

좀 들어줄게.

뭐? 됐어. 무거운 것도 아닌데.

어쩐 일로 그런 말을 다 하냐?

뭐 잘못 먹은 거 아니지?

평소 내 이미지가 어떻길래….

176살 이라길래.

시비 거냐?

노인(?)공

『제왕록』, 『무림에 가다』 시리즈의 작가 박정수
그가 거침없는 현대 판타지로 돌아왔다!

『신화의 전장』

주먹을 믿지 마라.
우리가 살아가는 이 땅에 인간을 벗어난 자들이 존재한다.

★
dream
books
드림북스

환생왕

ORIENTAL FANTASY STORY & ADVENTURE

요도 / 김남재 / 신무협 장편소설

정체를 알 수 없는 세력들에 의해
비참한 최후를 맞이한
천룡성(天龍城)의 후계자 천무진.
그런 그에게 찾아온 또 한 번의 삶.
그리고 그를 돕기 위해 나타난 여인 백아린.

"이번엔…… 당하지 않는다."

이젠 되돌려 줄 차례다.
새로운 용이 강호를 뒤흔든다!

dream
books
드림북스

사도연 판타지 장편소설

ORIGINAL FANTASY STORY & ADVENTURE

『용을 삼킨 검』, 『신세기전』사도연 작가의 신작!

『두 번 사는 랭커』

여러 차원과 우주가 교차하는 세계에 놓인 태양신의 탑, 오벨리스크.
그리고 그곳에 오르다 배신당해 눈을 감아야 했던 동생.
모든 걸 알게 된 연우는 동생이 남겨 둔 일기와 함께
탑을 오르기 시작한다.

dream books
드림북스

E 이탄

ORIGINAL FANTASY STORY & ADVENTURE

쥬논 판타지 장편소설

〈흡혈왕 바하문트〉, 〈샤피로〉, 〈하라간〉을 잇는
쥬논의 사대신수 시리즈, 그 마지막 이야기!

혹독한 훈련을 받고 가문을 위한 희생양으로서
다른 차원으로 보내진 이탄.
듀라한으로 다시 태어난 그는 신관이 되어
본래 세계로 돌아갈 방법을 찾기 시작한다.

dream
books
드림북스